Sabrina Mann
Undómièl • Abendstern

Sabrina Mann *wurde 1983 in Rheinland-Pfalz geboren*

und schrieb bereits als Kind Kurzgeschichten und Gedichte.

Die Leidenschaft für das geschriebene Wort fesselte sie schließlich solange, bis sie beschloss, ihre Gedanken und Phantasien nieder zu schreiben.

Herausgekommen ist eine spannende Trilogie über Liebe und Hass, Leidenschaft und Stärke.

Band 3 der Reihe, Abendstern, *bildet den Abschluss nach Band 1,* Von Schatten und Licht *(2017) und Band 2,* Brigids Erbe *(2017).*

Sabrina Mann

Undómièl

Abendstern

Roman

1. Auflage

TWENTYSIX – Der Self-Publishing-Verlag

Eine Kooperation zwischen der Verlagsgruppe

Random House und BOD – Books on Demand

© 2019 Sabrina Mann

Coverdesign: ©Sabrina Mann

Frontcovermotiv: Scherenschnitt ©Sara Stephenson,

WildchildDesign

Herstellung und Verlag:

BoD – Books on Demand, Norderstedt

ISBN: 9783740754310

Auch in der dunkelsten Stunde gibt es Licht...

Stella

Schwanger? Schon wieder?

Ich pfefferte den positiven Schwangerschaftstest zu den anderen beiden in den Mülleimer und setzte mich auf den Badewannenrand.

Das hatte mir gerade noch gefehlt! Noch einmal würde ich diese Tortur nicht durchstehen. Meine Periode war erst zwei Wochen überfällig, die ersten zwei Tests waren negativ.

Symptome hatte ich aber.

Meine Brust spannte, mein Unterleib schmerzte und ich verspürte Heißhunger im Wechsel mit einer leichten Übelkeit.

Ob ich Brian informieren sollte?

Ich hatte die letzten drei Wochen nichts von ihm gehört. Vermutlich war er doch sauer auf mich. Verübeln konnte ich es ihm allerdings nicht.

Schließlich war ich es, die einfach gegangen war.

Nein, ich entschied mich dazu, doch erst abzuwarten, ob die Schwangerschaft bestehen bliebe und vorsichtshalber einen Gynäkologen aufzusuchen.

Wollte ich das Kind?

Diese Frage konnte ich nicht beantworten. Doch eine Abtreibung schien dennoch nicht der richtige Weg für mich zu sein. Ich könnte es niemals übers Herz bringen, etwas so kleines Unschuldiges zu töten.

Außerdem wäre es doch auch ein Teil von Brian.

Brian, mein Brian.

Ich vermisste ihn sehr. Doch war es nötig, ihn vorerst nicht um mich zu haben. Zu viele Dinge waren geschehen, die ich aufarbeiten musste.

Darunter war auch der plötzliche Tod meines Vaters, an dessen Grab ich zwei Tage nach meiner Ankunft, Abschied von ihm nahm.

Es war ein harter Tag für mich.

Ich ging alleine auf den Friedhof, um ungestört zu sein.

Im Nachhinein wäre es wohl besser gewesen, ich wäre nicht gegangen.

Das triste stille Grab hatte so gar nichts mit meinem Vater gemeinsam. Seine letzte Ruhestätte wirkte kalt und trostlos auf mich. So wollte ich nicht Lebewohl sagen.

Ein schlichtes Holzkreuz mit seinem Namen und den Daten seiner Geburt und seines Todes darauf, zierte die blanke Erde auf der ein paar verwelkte Blumen lagen.

Ein Kranz aus vertrockneten Rosen lag dazwischen. Ich hob ihn auf, um die Worte auf dem Band lesen zu können.

„Ruhe in Frieden" war alles was darauf stand.

Mein Vater hatte durch seine Trunksucht ziemlich viele Menschen enttäuscht und gute Freunde, wie auch seine Familie verloren. Doch wie konnten sie ihn so gehen lassen.

Es war verletzend zu sehen, wie lieblos das Grab vor mir lag.

Ob die Beisetzung auch so emotionslos war?

Ich wollte nicht weiter darüber nachdenken. Es war schlimm.

Ich legte einen Bund frischer Lilien dazu, die ich vorher besorgt hatte und bedankte mich bei ihm, dass er meine Tochter annahm. Bevor ich in Tränen ausbrechen konnte, verließ ich schließlich den Friedhof und fuhr mit dem Auto meiner Mutter sinnlos in der Gegend herum bis ich mich wieder gefangen hatte.

Dann gab es noch Klärungsbedarf bezüglich meiner Schwangerschaft mit Kaila.

Meine Mutter hatte mich bereits während der Fahrt vom Flughafen nach Hause mit Fragen hierzu gelöchert.

Ich wollte meiner Mutter so gerne die ganze Geschichte erzählen, doch vermutlich hätte sie mir sowieso nicht geglaubt und mich womöglich noch in die Irrenanstalt einweisen lassen.

Sie merkte natürlich, dass ich ihr nicht alles erzählte und war spürbar enttäuscht darüber.

Zuhause hatte meine Schwester Tamara bereits eine Überraschungsparty organisiert, zu der meine engsten Freunde und auch ein paar Familienmitglieder erschienen waren.

Ich machte ein fröhliches Gesicht und beantwortete geduldig die vielen Fragen, die sie mir stellten.

Es war anstrengend, sich so verstellen zu müssen.

Doch offenbar merkte keiner, wie es wirklich in mir aussah.

Nachdem endlich alle gegangen waren, richtete mir meine Mutter das Sofa für die Nacht und half mir anschließend beim Auspacken.

Sie schien irgendwas von mir zu wollen, doch egal was es war, ich konnte es ihr nicht geben.

Ich wusste selbst nicht alle Antworten auf die Fragen, die mich beschäftigten und ging deshalb den meisten Gesprächen über meinen Aufenthalt in Irland aus dem Weg.

Nach wie vor schlief ich sehr unruhig, was meiner Familie sicherlich nicht entgangen war.

Der sorgenvolle Blick meiner Mutter bescherte mir beinahe ein schlechtes Gewissen, doch ich hoffte darauf, dass sie sich irgendwann damit abfinden würde, nichts Genaues zu erfahren.

Brian

Ich arbeitete viel die letzten Wochen und doch schlich sich Stella immer wieder in meine Gedanken.

Ob es ihr wohl gut ging?

Vermisste sie mich ebenso sehr, wie ich es tat?

Nach ihrer Abreise bezog ich mein altes Heim und versuchte in mein früheres Leben zurückzukehren.

Das Haus von Graham war unheimlich still ohne Thereses Lachen und seinen ewigen Lärm, den er produzierte, wenn er sich handwerklich verkünstelte.

Die Felder lagen brach. Das Vieh hatte ich, bis auf zwei Pferde, verkauft.

Ich verbrachte nur die nötigste Zeit daheim, wenn ich schlafen musste oder die Pferde mistete, fütterte und bewegte.

Es war nicht mehr mein Zuhause. Nicht ohne die beiden Menschen, die mich einst aufnahmen und in ihr Herz schlossen.

Meine Mutter wohnte weiterhin bei Ethuriel.

Sie sagte, so fühlte sie sich Eleasar, meinem Vater, noch irgendwie nahe.

Ich konnte ihr nicht verübeln, dass sie lieber dort war.

Ich hätte sie sowieso ständig alleine gelassen. Das hätte sie nicht verdient.

Sie hatte es nicht einfach gehabt und ich war froh, dass sie den Schritt zurück ins Leben geschafft hatte.

Mehrmals wollte ich Stella schon anrufen.

Doch ich konnte mich bisher einfach nicht dazu überwinden.

Ich war gekränkt und enttäuscht.

Lange würde ich es aber nicht mehr ohne sie aushalten.

Zu trostlos wirkte mein Leben ohne sie. Irgendwie ergab nichts mehr einen Sinn, solange sie nicht bei mir war.

Ich trank meinen Kaffee zu ende und beschloss, sie nach der Schicht doch anzurufen.

Stella

Um zehn Uhr hatte ich einen Termin bei Doktor Arcer. Sie war meine Frauenärztin und hatte mir bisher immer das Gefühl gegeben, gut aufgehoben zu sein.

Meine Mutter hatte mir ihre Autoschlüssel dagelassen, damit ich mobil war, während sie mit dem Bus zur Arbeit fuhr.

Ich kaute nervös auf meinen Fingernägeln herum und wartete darauf, dass sie mich endlich ins Behandlungszimmer aufrief.

Neben mir saß eine Frau mit einem riesigen Babybauch, der den Anschein machte, bald zu platzen.

Ihr Mann hielt ihre Hand und strahlte sie an. Die beiden schienen überglücklich darüber zu sein, bald Eltern zu werden.

Der Vater meines Kindes war weit weg. Ob er sich ebenfalls so darüber freuen würde, Vater zu werden?

Ich hörte meinen Namen und stand auf.

„Hier entlang bitte" sagte Doktor Arcer und führte mich ins Behandlungszimmer zwei.

Ich berichtete ihr von meinem positiven und den negativen Schwangerschaftstests, meinen Beschwerden und nahm anschließend auf dem Untersuchungsstuhl Platz, um einen Ultraschall über mich ergehen zu lassen.

„Da ist es ja" verkündete sie und zeigte auf eine Stelle am Bildschirm.

Tatsächlich sah ich einen fast runden relativ großen Fleck. Das sah mir aber nicht nach einem Fötus aus.

Ich nickte und beobachtete die Ärztin bei ihren Messungen.

Doktor Arcer beendete ihre Untersuchung und bat mich, wieder auf dem Stuhl am Schreibtisch Platz zu nehmen.

„Frau Bleher, Sie sind nicht schwanger. Ich hoffe, dass das keine allzu große Enttäuschung für Sie ist. Allerdings befindet sich eine ziemlich große Zyste in ihrem rechten Eierstock. Diese Zyste sorgt auch für Ihre Beschwerden. Ich fürchte, ich werde sie entfernen müssen."

Ich schüttelte den Kopf.

„Ich möchte keine OP. Geht das nicht von selbst weg? Wie kommt sowas?"

„Das haben viele Frauen. Ist meistens hormonell bedingt und in der Regel auch nicht weiter schlimm. Jedoch misst ihre Zyste bereits acht Zentimeter. Das könnte gefährlich für Sie werden. Die Zyste könnte platzen oder ihr Eierstock könnte sich drehen und absterben. Es bleibt Ihre Entscheidung, aber als Ihre Ärztin rate ich Ihnen dringend dazu, die Zyste bald entfernen zu lassen."

Ich wusste nicht, ob ich mich darüber freuen sollte, nicht schwanger zu sein. Irgendwie war ich zumindest erleichtert. Obgleich ich doch ein wenig traurig war. Wenigstens hatte ich nun nicht mehr diesen Druck, Brian informieren zu müssen. Aber ins Krankenhaus wollte ich auch nicht.

„Frau Bleher?" Doktor Arcer riss mich aus meinen Gedanken.

„Sollen wir gleich einen Termin ausmachen?"

„Ähm. Ich weiß nicht. Wie würde das denn ablaufen? Beziehungsweise wie lange wäre ich denn im Krankenhaus?"

„Das geht ganz schnell. Sie bekommen nur eine Kurznarkose. Die Entfernung erfolgt minimalinvasiv. Das bedeutet, ich werde die Zyste über zwei bis drei kleine Schnitte entfernen und Sie können das Krankenhaus am selben Tag wieder verlassen. Sie sollten sich danach noch etwa zwei Wochen schonen. Aber in ihrem Alter müssten Sie schnell wieder auf den Beinen sein."

„Ok. Dann geht das in Ordnung"

Dr. Arcer checkte ihren Terminkalender und setzte sofort den Tag des Eingriffs fest.

Anschließend musste ich zur Blutabnahme und einen Aufklärungsbogen ausfüllen.

Ich las mir die Risiken gar nicht erst durch, zu sehr erschreckte mich die Zeichnung über den Operationsablauf.

Das Gespräch mit dem Narkosearzt hatte ich kurz vor dem Eingriff, so dass ich mir jetzt erstmal nur Gedanken machen musste, wer mich in sechs Tagen zur OP fährt und wieder abholt.

Ich grübelte die gesamte Heimfahrt darüber, ob und wie ich meiner Mutter davon berichten sollte.

Sie hatte sich meinetwegen bereits so viele Sorgen machen müssen und ich merkte ihr an, wie sehr es an ihr nagte, dass ich ihr verschiedenes verheimlichte.

11

Wir waren uns fremd geworden in den letzten Monaten und es viel mir schwer, die Distanz zwischen uns zu verringern; so sehr ich es auch wollte.

Ich setzte gerade den Blinker, um in unsere Straße abzubiegen, als ich mich dazu entschied, einen kleinen Ausflug zu machen.

Ich fuhr weiter in die übernächste Ortschaft und stellte das Auto an einem Feldweg ab.

Den restlichen Weg musste ich zu Fuß gehen.

Früher war ich oft hier gewesen, wenn ich nachdenken musste.

Es tat gut, den altbekannten Kieselsteinweg entlang zu schlendern und den vertrauten Duft der vielen bunten Wiesenblumen in sich aufzunehmen.

Ich ging weiter, bis ich die Abzweigung erreichte, an welcher der kleine Trampelpfad begann.

Wie schön meine Heimat doch ist, ging es mir durch den Kopf.

Ich benötigte weniger Zeit, als ich es in Erinnerung hatte, um mein Ziel schließlich zu erreichen.

Ich stand vor einer uralten hohlen Linde. Ich fühlte die Rinde und schlüpfte in die Öffnung, um mich dort hinzusetzen.

Keiner wusste genau, wie das Loch in den Stamm des Baumes gelangt war. Es war wohl schon immer da. Es gab Spekulationen über einen Blitzeinschlag.

Komisch war aber, dass der Baum trotzt dieser immensen Öffnung lebte.

Ein riesiges Zweiggeflecht mit tausenden Blätterten formte sich zu einer imposanten Krone.

Es war mystisch und wunderschön hier.

Das erste Mal, seit meiner Rückkehr, fühlte ich mich Zuhause.

Ich lehnte mich zurück, schloss die Augen und lauschte dem Klang der Natur.

Ich ließ meine Gedanken schweifen und hatte natürlich sofort Brians Gesicht in meinem Kopf.

Er lächelte sein schiefes Lächeln, was ich so sehr liebte.

Er fehlte mir. Sehr sogar.

Wenn er sich doch nur melden würde.

Ich griff in meine Hosentasche, um meinen Schlüsselbund herauszuziehen.

Dann stand ich auf und trat vor den Baum, um abermals die Rinde des Baumes zu fühlen, bevor ich mit meinem alten Spintschlüssel anfing, Buchstaben hinein zu ritzen. Als ich fertig war stand da B + S und war mit einem Herz umrandet.

2

Als ich später Zuhause ankam, fand ich die Wohnung leer vor.

Meine Schwester studierte Jura und war an der Uni, während meine Mutter sicherlich noch arbeiten war.

Ich ging zum Briefkasten und schaute die Post durch.

Zwischen den Rechnungen und Werbeflyern fand ich einen Brief, der an mich adressiert war.

Auf dem Umschlag war kein Absender zu erkennen, doch die Marke zierte einen irischen Poststempel.

Ich legte die andere Post auf den Küchentisch und setzte mich mit meinem Brief aufs Sofa.

Ich war sehr nervös. Eine ganze Weile starrte ich auf den Umschlag, bis ich ihn letztlich doch hastig öffnete und ein gefaltetes Blatt hervorzog.

Ich faltete den Brief auseinander und betrachtete die handgeschriebenen Zeilen. Von Brian schien der Brief schonmal nicht zu sein. Seine Schrift kannte ich.

Ich las:

Liebe Stella,

ich schreibe dir diese Zeilen, nachdem ich lange darüber nachgedacht habe, ob ich dich über diverse Dinge informieren sollte.

Da ich schließlich zu dem Entschluss kam, dass es besser ist, dich zu warnen, kann ich nur hoffen, dass du diesen Brief erhältst.

Ethuriel war so lieb, meine Zeilen in die Obhut eines alten Freundes seinerseits zu geben, der sich auf die Suche nach dir machen sollte.

Bevor ich dir jetzt den eigentlichen Grund meines Schreibens erläutere, möchte ich dir noch sagen, dass ich dich sehr liebgewonnen habe und ich mir wünschen würde, dass wir uns bald wiedersehen.

Ich bin dir dankbar für die Liebe, die du meinem Sohn geschenkt hast. Ich bin dir dankbar für die Opfer, die du gebracht hast, um ihn zurück zu holen und ich bin wahnsinnig stolz auf dich! Du bist sehr mutig und tapfer gewesen. Manch ein Mann könnte noch vieles von dir lernen. Ich hoffe inständig, dass du zurück in deine Mitte findest und ein glückliches Leben führen wirst.

Ich kann nicht leugnen, dass es mir am liebsten wäre, dass du dein restliches Leben mit Brian verbringst.

Doch ich möchte nicht, dass du dich gedrängt fühlst.

Ich habe gesehen, wie er dich ansieht. Ich fühlte seinen Schmerz, als er um dein Leben bangte und auch seine Wut, als er begriff, dass du uns verlassen würdest. Er liebt dich wirklich sehr!

Ich möchte dir kein schlechtes Gewissen einreden und eigentlich wollte ich auch gar nicht so viel schreiben, doch es gibt tatsächlich einiges, was noch nicht ausgesprochen wurde, aber gesagt werden sollte.

Ich komme jetzt zum eigentlichen Grund.

Jaru ist verschwunden! Jedoch mache ich mir keine Gedanken, dass ihm etwas zugestoßen sein könnte. Vielmehr hat es den Anschein, dass er dem Volk der Sidhe den Rücken gekehrt hat. Eine Grenzwache wurde von ihm verprügelt. Er wollte so Antworten erhalten.

Und jetzt wird es interessant. Jaru fragte ihn ausschließlich nach dir. Er wollte wissen, wo du bist; und das mit aller Gewalt. Der Wachmann konnte ihm nichts verraten, da er ja nichts über deinen Aufenthaltsort weiß. Doch er meinte, dass Jaru sehr aufgebracht wirkte und wie besessen von dem Gedanken war, dich zurückzuholen.

Ich hatte ein komisches Gefühl und dieses ließ meine Alarmglocken läuten.

Stella, bitte pass auf dich auf! Irgendetwas wird geschehen und Jaru wird eine treibende Kraft sein.

Halte deine Augen offen und besinne dich auf deine Kräfte. Sie sind da. Ich spüre es!

Mögen Licht und Liebe dich begleiten!

Brida

Zweimal las ich den Brief, bevor ich ihn zurücksteckte.

Jaru ausgetickt?

Irgendwie passte das zu seinem seltsamen Benehmen.

Er war fest davon überzeugt, dass ich ihn lieben würde und er besser zu mir passte als Brian.

Doch wieso sollte er sein Volk verlassen?

Er war doch stolz darauf, ein Sidhe zu sein. Oder nicht?

Ich überlegte kurz, bevor mir wieder einfiel, dass Brian und Ethuriel ihn degradiert hatten.

Ob das der Grund für diesen Irrsinn war?

Ob er womöglich Brian etwas antun würde?

Brida sprach schließlich auch darüber, dass ich zurück zu Brian sollte. Ob er wohl bei den Sidhe wohnte?

Bridas Brief brachte mich völlig durcheinander.

Ich sollte wachsam sein, zurückkehren und mit Brian glücklich werden. Beinahe hatte ich nun ein schlechtes Gewissen. Meine Kräfte sprach sie auch an. Nur was genau meinte sie damit?

Es war zum Zähneknirschen. Ich konnte doch jetzt nicht sofort wieder nach Irland aufbrechen. Abgesehen davon, war ich noch nicht bereit dafür.

Und ob Brian mich wirklich so sehr liebte, glaubte ich schon kaum noch. Immerhin hatte er sich immer noch nicht gemeldet.

Ich konnte nicht leugnen, dass ich ihn sehr vermisste.

Fast jede Nacht begegnete er mir in meinen Träumen.

Ich nahm mir vor, mich nun doch meiner Mutter anzuvertrauen. Ich musste mit irgendjemanden sprechen.

Ich musste Ballast loswerden, um endlich meinen Kopf frei zu bekommen.

Während ich auf die Rückkehr meiner Mutter wartete, überlegte ich mir diverse Strategien und Formulierungen, wie ich ihr am besten erklären konnte was los war, ohne zu viel zu verraten.

Ich kaute nervös auf meinen Fingernägeln herum, ließ meine Finger knacken und lief von einem Zimmer ins andere und wieder zurück.

Plötzlich hörte ich einen Schlüssel klappern und kurz darauf stand meine Mutter im Flur.

„Hi Stella, wie war dein Tag?"

Sie zog ihre leichte Jacke aus und kam auf mich zu.

„Mom, ich muss mit dir reden."

„Alles in Ordnung? Ist was passiert?"

Der Blick meiner Mutter ließ erahnen, dass sie sich Sorgen machte.

„Können wir uns hinsetzen? Ins Wohnzimmer vielleicht?"

„Sitzen. Dann ist es wohl was Ernstes?"

Ich antwortete nicht auf ihre Frage und hockte mich aufs Sofa.

Dann schnappte ich mir eins der Kissen und hielt es fest umklammert, als ich das Gespräch begann.

„Du erinnerst dich doch an Brian, oder?"

Meine Mutter nickte und ihre Augen wurden groß.

„Der junge Arzt aus Irland? Kommt er nach Deutschland?"

„Nein, das ist es nicht. Es ist schlimmer. Vielleicht auch nicht. Doch irgendwie schon."

„Raus damit. Was ist mit ihm?"

„Er steckt vielleicht in Schwierigkeiten."

Die Augen meiner Mutter weiteten sich und ihr Mund wollte etwas sagen, doch es kam kein Wort heraus.

„Mama?"

„Warte mal, Stella. Aber was hat das jetzt mit dir zu tun? Hast du etwas angestellt?"

Erwartungsvoll blickte sie mich an.

Ich lächelte verlegen zurück.

„Nein. Beziehungsweise, eventuell schon. Aber nichts, was du dir jetzt eventuell vorstellst. Da gab es noch einen Jungen."

Die Verwirrung stand meiner Mutter ins Gesicht geschrieben, als sie mich erneut abwartend betrachtete.

„Und nun?"

„Ich weiß es nicht genau. Deshalb wollte ich ja mit dir reden…" gab ich kleinlaut zurück.

„Brian weiß noch nichts davon. Aber ich muss dringend ein paar Dinge klären und das kann ich nicht von hier aus. Ich werde zurückfliegen müssen. Doch das geht jetzt sofort auch nicht, weil ich mich operieren lassen muss."

„Bitte was?"

Meine Mutter bekam langsam eine rote Färbung im Gesicht.

„Nichts Schlimmes. Ich war bei Doktor Arcer heute Morgen und sie hat mir gleich einen OP-Termin gegeben um eine Eierstockzyste zu entfernen."

„Das ist jetzt aber nicht dein Ernst oder? Du bist doch erst zurückgekommen. Du solltest auf deine Gesundheit achten und bei deiner Familie sein. Ich möchte nicht, dass du so etwas Schlimmes noch einmal durchstehen musst. Es war schrecklich, auch für uns."

Meine Mutter biss sich auf die Lippe, stand auf und ging in die Küche.

Ich hörte, wie sie den Kaffeeautomaten bediente und anschließend roch ich den vertrauten Geruch von Zigarettenqualm.

Eigentlich hatte sie doch aufgehört mit dem Rauchen.

War ich schuld daran, dass sie jetzt rauchte?

Ich stand ebenfalls auf und ging in die Küche.

„Mom, was soll das? Ich dachte du hättest das Rauchen aufgegeben."

„Ich rauche nicht! Jedenfalls nicht bis vor kurzem. Ich werde nicht wieder zum Raucher. Aber diese eine Zigarette habe ich jetzt bitter nötig."

Ihr Blick ließ nicht zu, dass ich weiter bohrte und so ging ich zurück aufs Sofa und zappte durchs Fernsehprogramm.

Ich hatte einen wunden Punkt getroffen.

Sie würde mich freiwillig nicht wieder gehen lassen.

Natürlich brauchte ich ihre Einwilligung nicht. Schließlich war ich volljährig. Dennoch wollte ich meine Familie nicht so zerrissen zurücklassen.

Ich ging zurück in die Küche und versuchte, meine Mutter zu beruhigen.

„Mom, bitte. Du tust mir unrecht. Ich möchte genauso wenig leiden, wie ich euch nicht verletzen möchte. Ihr seid mir wichtig! Ich will nicht mit dir streiten. Lass uns bitte damit aufhören."

Ich schaute meiner Mutter in die glitzernden Augen.

„Es tut mir leid Stella. Ich wollte das nicht sagen. Ich mach mir einfach Sorgen um dich. Wann hast du denn diese Operation? Soll ich dich begleiten?"

Ich sprang meiner Mutter in die Arme und drückte sie fest an mich. Diese Art der Nähe hatte ich sehr vermisst.

Meine Mutter und ich setzten uns anschließend auf die Terrasse und ich erzählte ihr von Brian.

Natürlich konnte ich ihr nicht alles sagen, aber zumindest konnte ich ihr von unserem ersten Aufeinandertreffen berichten.

Ich berichtete ihr von seinen blauen Augen und von seinen sanften Händen, die mich nach meinem Sturz zusammenflickten und erzählte ihr auch von seiner Mutter und seinem Großvater.

Es war befreiend und schön, meiner Mutter von ihm zu erzählen, auch wenn es mich gleichzeitig schmerzte, da ich immer noch nichts von ihm gehört hatte.

Meine Mutter lächelte und wirkte zufrieden. Am Ende meiner Erzählung drückte sie meine Hand und freute sich für mich, dass ich so einen guten Fang gemacht hatte.

Wahrscheinlich würde sie diese Aussage zurücknehmen, wenn sie die ganze Geschichte kennen würde, aber das war mir für den Moment egal. Sie mochte, was ich ihr über ihn erzählte und das gab mir ein gutes Gefühl.

Gerade als wir unser Gespräch beendet hatten, platzte meine aufgedrehte Schwester dazwischen und fuchtelte mit drei Kinokarten für die Abendvorstellung von *Ostwind 2* vor unseren Nasen rum.

Sie hatte die Karten auf dem Heimweg besorgt und da sie schon bezahlt waren, konnten wir schließlich nicht nein sagen.

Brian

Ich wählte Stellas Nummer bereits zum dritten Mal, doch ihr Handy schien aus zu sein.

Vermutlich wollte sie nicht mit mir sprechen und wer konnte es ihr verübeln.

Vielleicht hätte ich mich einfach früher melden sollen.

Mein Blick wanderte zu meinem Nachtschrank.

Dort stand die Schatulle mit dem Ring, den ich Stella vor ihrer Abreise an den Finger stecken wollte.

Die Tage ohne sie schienen unendlich lang und die Nächte waren noch dunkler und kälter.

Ich war ein Narr, zu glauben, dass ich sie halten könnte, ohne etwas dafür zu tun.

Ich hätte mehr kämpfen müssen. Ihr deutlich machen, wie ernst es mir war.

Andererseits hatte sie mich weggestoßen.

Sie war es, die meine Nähe nicht zu ließ.

Nein! So konnte ich auch nicht weitermachen. Ich musste zu ihr. Mich davon überzeugen, dass es ihr gut geht und ihr sagen, wie viel sie mir bedeutet.

Stella

Wider meiner Annahme, gefiel mir der Film ganz gut. Diese tiefe Verbundenheit, die das Mädchen Mika mit ihrem Pferd hatte, konnte ich total nachempfinden und auch die Handlung war weniger kitschig, als ich es erwartet hatte. Das Kino war nur halb voll, so dass wir eine super Sicht auf die Leinwand hatten.

Das Popcorn war lecker und meine Schwester glücklich. Insgesamt fand ich den Abend wirklich schön.

Nach der Vorstellung sind wir drei noch zu unserem Lieblingsgriechen gefahren und haben uns dort den Bauch vollgeschlagen. Die Souflakispieße schmeckten besser, als ich es in Erinnerung hatte und auch die Ofenkartoffeln waren ein Gedicht. Der kleine Zwerghahn, der zur Wirtschaft gehörte, stolzierte zwischen unseren Füßen herum und hoffte wohl darauf, ein Häppchen abzubekommen.

Es war beinahe wie damals, vor meiner Irlandreise. Wir lachten und alberten herum wie kleine Kinder. Die Sorgen und die Anspannung der letzten Monate schien auf einmal von mir abgefallen zu sein.

Kurz bevor der Chef des Restaurants zu uns kam, um uns abzukassieren, unterhielt er sich mit einer Kellnerin.

An sich war das ja nicht ungewöhnlich.

Allerdings verstand ich jedes Wort, und das, obwohl sie definitiv griechisch miteinander sprachen.

Ich versuchte, mir nichts anmerken zu lassen und konzentrierte mich wieder auf meine kleine Familie.

Nach dem Restaurantbesuch fuhren wir zurück nach Hause und ich ließ mir ein Bad ein.

Früher hatte ich dazu immer Musik mit dem Discman gehört. Doch seit diesem Vorfall in Irland, als mich Ezraél in der Wanne ertränken wollte, war daran nicht mehr zu denken.

Ich versuchte, das warme Wasser zu genießen und mich zu entspannen.

Es war mein erstes Bad seit damals und eigentlich war mir danach. Doch jetzt, hier drin, wollte ich nur noch ganz schnell raus.

Ich zog den Stöpsel heraus, seifte mich ein und verließ die Badewanne sofort, nachdem ich mich abgebraust hatte.

Dann wickelte ich mir ein extra großes Badetuch um und hockte mich auf den Wannenrand.

Ob ich jemals wieder ein normales Leben führen würde? Je länger ich darüber nachdachte, desto unwahrscheinlicher schien es mir.

Es musste für alles einen Grund geben, aber was brachte es mir bisher, darüber nachzudenken?

Was hatte ich davon gehabt, mich quer zu stellen?

Ich sah erschreckende und unheimliche Dinge, hörte Stimmen und wurde fast umgebracht.

Da traf mich die Erkenntnis wie ein Blitz. Ich lief die ganze Zeit im Kreis, suchte vergeblich nach einem Sinn.

Ich hatte viele Dinge erlebt, die manch einen sicherlich in die Irrenanstalt gebracht hätten. Doch irgendwie wurde ich damit fertig. Ich war stärker, als ich dachte.

Es gab sicherlich auch einen Grund für meine neueste sogenannte Gabe, andere Sprachen zu verstehen. Doch was würde es mir bringen, weiter darüber nachzudenken?

Nichts. Und eben deshalb musste ich damit aufhören. Ich musste damit aufhören, in der Vergangenheit zu leben.

Ich dachte, ich müsste zurück nach Deutschland fliegen, um die Geschehnisse zu verdauen und nachzudenken. Doch das war nicht der eigentliche Grund. Ich rannte davon. Jedoch konnte ich nicht vor mir selbst davonlaufen. Ethuriel hatte recht. Wie so oft.

Ich bin wie ich bin. Was machte es schon, wenn ich ein wenig verrückt war? Mir gefiel meine neue Welt voller Mystik und Magie. Ich fand das Ganze nicht unheimlich. Im Gegenteil. Nie habe ich mich wahrhaftiger und lebendiger gefühlt.

Das war ich.

Ich musste nichts verarbeiten. Das hatte ich bereits hinter mir gelassen. Ich musste nach vorne schauen, mich auf mein Bauchgefühl verlassen und einfach nur einen Fuß vor den anderen setzen. Das Leben leben.

Damit konnte ich sofort beginnen!

Ich zog mich an, schnappte mein Handy und schaltete es ein.

Drei verpasste Anrufe. Ländervorwahl von Irland.

Ich zögerte kurz, entschied dann aber zurückzurufen.

„Please call again later..." ertönte eine Stimme in der Leitung. Wer auch immer versucht hatte mich zu erreichen, hatte nun sein Telefon ausgeschaltet.

Dieser Jemand, da war ich mir fast sicher, war Brian.

3

Brian

Ich saß im Flugzeug nach Deutschland. Der Flug war kurz, aber dennoch lange genug, um zu viel Zeit zum Nachdenken zu haben.

Mein Vorgesetzter hatte mir eine vorrübergehende Anstellung in einer Klinik in Stellas Nähe besorgt, so dass es nicht schwierig war, eine Aufenthaltsgenehmigung zu bekommen.

Nach meiner Ankunft musste ich direkt zum Krankenhaus fahren, um mich vorzustellen und anschließend konnte ich ein Zimmer in einem der zugehörigen Wohnheime beziehen.

Ich war noch nie in Deutschland. Doch wenn die Menschen dort nur halb so faszinierend wie Stella waren, würde es mir hier sicherlich gefallen.

Ich überlegte, ob es wirklich richtig war, sie über meinen Aufenthalt hier nicht vorher informiert zu haben.

Doch ich wollte ihr auch nicht das Gefühl geben, mir gegenüber zu etwas verpflichtet zu sein.

Jetzt hatte ich eine Arbeitsstelle hier und konnte Stella die nötige Zeit geben, die sie vielleicht noch brauchte, um mich wieder an ihrem Leben teilhaben zu lassen.

Meine Mutter schien froh über meine Reise zu sein, bestand aber darauf, ihr Bescheid zu geben, sobald ich mein Zimmer bezog. Ich notierte mir Stellas Nummer und ließ ihr mein Handy da, um sie kontaktieren zu können.

Die Sidhe mussten definitiv moderner werden, wenn es nach mir ginge.

Stella

Der Tag der OP war gekommen. Ich war aufgeregt und hatte schlechte Laune.

Ohne Frühstück kam ich klar, aber der Kaffee fehlte mir gehörig.

Meine Mutter saß bereits im Auto und hupte ungeduldig.

Ich schnappte mir meine Tasche und verließ das Haus.

Als ich zu ihr ins Auto stieg, schaute sie mich fragend an.

„Was ist?" fragte ich.

„Mach dich nicht verrückt. Ich warte auf dich! Ich bleibe die ganze Zeit in deiner Nähe."

Ich drückte ihre Hand und stellte das Radio an.

Ein seltsames Gefühl beschlich mich. Irgendetwas würde heute passieren. Die Operation schien es nicht zu sein. Ich hatte bereits zwei Narkosen hinter mir - wegen meinem Leistenbruch und einer Blinddarmentzündung.

Vielleicht lag es auch nur daran, dass ich so gerne vorher einmal mit Brian gesprochen hätte.

Keiner meiner insgesamt achtzehn Versuche ihn zu erreichen, war geglückt.

Ich sorgte mich um ihn.

Wir kamen bereits im Parkhaus der Klinik an und liefen nun direkt in das große Hauptgebäude, um mich anzumelden.

Die freundliche Dame am Schalter drückte mir eine Mappe in die Hand und erklärte mir, wo ich mich hinbegeben musste.

Meine Mutter trug meine Tasche und lächelte mich ermutigend an.

Als wir auf der Station für die ambulanten Operationen ankamen, mussten wir noch ein paar Minuten warten, bis ich von dem Narkosearzt aufgerufen wurde.

„Soll ich mit?"

„Ach Quatsch Mama, das ist doch nur ein Gespräch"

„Ok Schatz, ich warte hier"

Ich ging schnellen Schrittes in ein kleines Bürozimmer und wurde dort von einem Narkosearzt über meinen Gesundheitszustand befragt.

Er notierte meine Größe und mein Gewicht, bevor er mich schließlich abhörte und mir anschließend erklärte, wie die Narkose ablief.

Ich nickte wissend und verabschiedete mich kurz darauf, um mich wieder bei der Stationsschwester zu melden.

Meine Mutter durfte mich nicht weiter begleiten. Der große Saal war ausschließlich für Patienten und Personal zugänglich, so dass meine Mutter sich jetzt von mir verabschieden musste.

Sie drückte mich an sich und wünschte mir viel Glück, bevor sie in die Cafeteria ging, um dort zu warten.

Komischerweise fühlte ich mich nun alleine. Gerne hätte ich meine Mutter nun bei mir gehabt.

Ich begleitete die Schwester in einen Umkleideraum, wo ich ein OP-Hemd, eine Haube und ein Netzhöschen anziehen sollte.

Meine Kleidung verstaute ich in einem Spint.

Anschließend führte mich die freundliche Frau in einen großen Saal, indem sich bereits mehrere Frauen unterschiedlichen Alters befanden.

Ich bekam ein Bett rechts der Türe zugewiesen, welches direkt am Fenster stand.

Die Schwester stellte ein kleines Glas Wasser neben mir auf den Nachttisch und drückte mir eine Tablette in die Hand, die ich unverzüglich einnehmen sollte.

Ich nahm die Beruhigungstablette sofort ein und kroch ins Bett.

Vor mir war noch eine Frau an der Reihe und dann war ich dran, berichtete die Schwester, bevor sie den Raum verließ.

Ich beobachtete eine andere Stationsschwester dabei, wie sie die Werte einer Frau kontrollierte, die noch tief und fest schlief.

Jetzt machte sie Notizen in das Klemmbrett dieser Frau und ging zur nächsten Patientin, die wohl schon länger wach war, da sie bereits eine Tasse Tee zu sich nahm.

Ich hätte mir ein Buch mitnehmen sollen, um die Wartezeit zu verkürzen.

Jetzt starrte ich Löcher in die Luft und beobachtete die Menschen um mich herum.

Die Minuten schienen ewig zu dauern und von der Tablette merkte ich irgendwie auch nichts.

Sollte ich nicht davon müde werden?

Endlich wurde ich erlöst. Frau Doktor Arcer stand neben mir und gab mir zur Begrüßung ihre Hand.

„Guten Morgen Frau Bleher, wie geht es Ihnen? Sie sind gleich dran."

„Guten Morgen Doktor Arcer. Ich wäre froh, ich hätte es schon hinter mir. Mein Kaffee fehlt mir."

Doktor Arcer lächelte.

„Es wird gleich vorbei sein. Und anschließend wird Ihnen eine der Schwestern einen Kaffee und etwas Zwieback bringen. Ich werde mich jetzt vorbereiten und eine OP-Schwester, wird sie in der Zwischenzeit in die OP-Schleuse bringen. Wir sehen uns dann dort."

„Ist gut. Danke."

Doktor Arcer verließ den Saal und kurz darauf trat eine Frau mittleren Alters in einem grünen Outfit an mein Bett, um mich zur Operation zu schieben.

Auf ihrem Schild stand Schwester Dorothe und kleingedruckt Ambulanz.

Schwester Dorothe wirkte entspannt und freundlich.

Sie lächelte mir aufmunternd zu und schob das Bett ohne irgendwelche Wände zu ramponieren.

Vermutlich übte sie diese Tätigkeit schon länger aus.

Wir fuhren mit einem Aufzug nach unten und dort stellte sie das Bett in einem kleinen Raum ab.

Hier war wohl die OP-Vorbereitung. Es roch nach Desinfektionsmittel und immer mal wieder sah ich grün angezogene Personen vorbeilaufen.

Schwester Dorothe bat mich, meine Socken auszuziehen und stopfte sie unter mein Kopfkissen.

Jetzt kam eine andere Person in grün dazu und schob eine Liege neben mein Bett. Unbeholfen kletterte ich rüber und wurde sofort mit vorgewärmten Tüchern zugedeckt.

Die beiden Frauen schoben mich nun noch ein Stück vor und trugen danach diverse Gerätschaften zu mir.

Zuerst legte mir die andere Frau eine Manschette um den Arm, um den Blutdruck zu messen.

Schwester Dorothe kam mit einer Kanüle zu mir und bat mich darum, eine Faust zu machen.

Ich fixierte eine Stelle am Ende des Raums, um nicht hinzusehen.

Da sah ich eine weitere Person in OP-Kleidung. Die Person war blau gekleidet, musste also ein Arzt sein und jetzt schaute sie zu mir hinüber.

Diese Augen würde ich überall erkennen. Das konnte nur …

„Aua!"

Ich wendete den Blick ab und warf Schwester Dorothe einen bösen Blick zu.

„Entschuldigung. Ihre Venen sind sehr dünn. Ich hole lieber einen Arzt dazu."

Ich betrachtete den immer größer werdenden Bluterguss an meinem Handgelenk, als mir wieder einfiel, dass ich gerade den Mann meiner Träume gesehen hatte.

Ich suchte den Raum mit den Augen ab, jedoch war die Person verschwunden und auch sonst war niemand anwesend.

Ich löste meinen Arm aus der Manschette und schwang die Beine aus dem Bett.

Ein heftiger Schwindel ließ mich innehalten, doch ich durfte jetzt nicht schwach werden. Ich musste zu ihm!

Ich hielt mich an dem Ständer der Monitore fest, welcher sich neben der Liege befand, und stand auf.

Meine Beine waren wie Pudding. Die Tablette wirkte also doch.

Ich machte einen Schritt, bevor meine Beine nachgaben und ich den Monitor mit mir zu Boden riss.

Schwester Dorothe stürmte herein und eine Person in Blau hinterher.

Gemeinsam hievten sie mich zurück auf die Liege.

Ich war völlig benommen und desorientiert.

Schwester Dorothe tadelte mich und hob anschließend den Monitor auf, während ich merkte, wie jemand an meinem Arm hantierte.

Die Art und Weise, wie er meine Hand hielt, kam mir mehr als nur bekannt vor.

Ich spürte einen Stich und sah hin.

„Brian?" flüsterte ich.

Er war tatsächlich hier. Oder hatte ich Halluzinationen? Zwei blaue Augen trafen mich wie Blitze. Ich wollte meine Hand heben, um ihn zu berühren, doch er hielt sie eisern fest und drückte den Kolben der Spritze in der Kanüle runter.

Ich versuchte mich aufzurichten, doch ich schaffte es einfach nicht.

„Aber was …" meine Lider flackerten.

Ich spürte ein Brennen in meiner Vene.

„Schlaf gut" flüsterte die vertraute Stimme in mein Ohr und dann war es still und dunkel.

Brian

Der Alltag im deutschen Krankenhaus schien sich von meinem in Irland nicht zu unterscheiden. Die Menschen waren etwas eigen hier, aber nicht negativ. Sie waren nicht so offen wie in meiner Heimat, aber sie waren höflich und eifrig.

Sie arbeiteten unermüdlich und konzentriert.

Ich begann direkt am nächsten Morgen mit meiner ersten Schicht und wurde in der Station für ambulante Operationen als Assistenz für den Narkosearzt eingeteilt.

Am Abend war ich so erschöpft, dass ich nach einer heißen Dusche direkt einschlief.

Dabei wollte ich doch nach Stella suchen. Ich konnte ja nicht ahnen, dass ich sie bald sehen würde.

Bereits am nächsten Morgen war es soweit.

Ich befand mich im OP-Saal und desinfizierte gerade meine Hände, als ich ihre Nähe spürte.

Ich ging in den Raum nebenan, indem die Patienten vorbereitet werden und da lag sie.

Ich konnte den Blick kaum abwenden und wäre beinahe zu ihr gelaufen, wenn Schwester Dorothe sie nicht versehentlich mit der Kanüle verletzt hätte.

Ich nutzte den Moment und flüchtete zurück in den OP-Saal, um mir Gedanken darüber zu machen, wie ich mich verhalten sollte. Es war wohl nicht der geeignetste Moment, ihr hier über den Weg zu laufen. Ich hatte ihr nicht gesagt, dass ich hier war und sicherlich wäre sie wütend auf mich gewesen, es so zu erfahren.

Plötzlich hörte ich einen lauten Schlag von nebenan und stürmte ins Zimmer. Stella lag mit dem Monitor im Arm auf dem Boden. Schwester Dorothe war bereits bei ihr und ich half ihr dabei, Stella zurück auf die Liege zu legen.

Typisch für sie. Nie machte sie das was vernünftig war. Ich musste mir ein Lachen verkneifen und griff mir ihren Arm, um ihr die Kanüle zu legen.

Ihre Haut war weicher, als ich es in Erinnerung hatte. Mein Herz klopfte bis zum Hals.

Sie war sichtlich benommen aufgrund der Beruhigungstablette.

Sie sprach meinen Namen aus und ich konnte nicht anders, als sie anzusehen. Sie wirkte verwirrt und gleichzeitig wollte sie Antworten, die ich ihr hier und jetzt nicht geben konnte.

Ich umklammerte ihr Handgelenk und ließ die Narkose in ihre Kanüle laufen.

Sie wehrte sich dagegen - natürlich tat sie das.

Doch es nützte ihr nichts, die Wirkung setzte innerhalb von ein paar Sekunden ein. Ich ließ ihren Arm los.

Anschließend kontrollierte ich ihre Werte, platzierte die Sauerstoffmaske über ihrem Gesicht und verließ den OP-Bereich.

Da ich nicht wusste, weshalb sie hier war und es furchtbar war, sie so zu sehen, blieb ich in der Nähe, um mir schnellstmöglich Auskünfte einzuholen.

Doktor Arcer war die operierende Ärztin. Ich suchte sie nach der OP auf und fragte sie nach Stellas Befinden und der Art der OP. Fragend betrachtete sie mich, bevor sie mir die Einzelheiten erklärte.

Zum Glück war es nichts Ernstes. Die Ovarialzyste war erfolgreich entfernt worden und Stella befand sich nun im Aufwachraum, bevor sie wieder zurück auf die Ambulanz verlegt wurde.

Ich konnte nicht anders. Ich musste zu ihr. Ich hoffte, sie würde noch fest genug schlafen, um mich nicht zu bemerken.

Der Monitor an ihrem Bett zeichnete ihren gleichmäßigen Herzschlag auf und die Sauerstoffsättigung lag bei siebenundneunzig Prozent.

Ihr ging es gut.

Ich setzte mich zu ihr aufs Bett und griff nach ihrer Hand.

Schwester Dorothe hatte wohl eine größere Vene getroffen, da Stellas Arm nun richtig blutunterlaufen war.

Ich fuhr über die bläulichen Stellen, als Stellas Finger meine Hand umschlossen. Sie murmelte undeutliche Worte und ihre Lider bewegten sich.

Es war Zeit für mich zu gehen. So wollte ich nicht Hallo sagen. Ich löste meine Hand aus ihrem Griff und gab ihr einen Kuss auf ihre erhitzte Wange, bevor ich zurück in den OP-Saal ging, um meiner Tätigkeit nachzugehen.

Stella

Meine Mutter nahm mich in der Umkleide in den Arm und schien erleichtert zu sein, dass ich wohlauf war.

Meinen Arm hatten die Schwestern großzügig eingebunden, so dass ihr dieser Anblick erstmal erspart blieb.

In Gedanken war ich ganz woanders. Mir war es recht, dass meine Mutter mich nicht löcherte. Sie hakte mich unter und lief mit mir zum Auto, um mich Zuhause direkt ins Bett zu verfrachten.

Ich war nicht sehr müde und Schmerzen hatte ich auch nicht wirklich. An meinem Bauch klebten zwei kleine Pflaster und Dr. Arcer sagte, ich könnte schon in einer Woche langsam zum Alltag zurückkehren. Mit schweren Sachen sollte ich noch warten, aber da ich im Moment eh nicht berufstätig war, machte ich mir darüber keine Sorgen.

Meine Gedanken galten alleine Brian.

Hatte ich mir nur eingebildet, ihn zu sehen oder war er tatsächlich hier?

Ich konnte mich daran erinnern, dass ich aufgestanden war, um den Mann mit den blauen Augen zu suchen. Was danach war, weiß ich nicht mehr genau.

Jemand kam, um mir zurück auf die Liege zu helfen und dann war da nichts mehr, oder?

Als ich aufwachte, lag ich bereits wieder mit den anderen Patientinnen in dem großen Saal und bekam später dort auch meinen Kaffee.

Ich hatte mir vorgenommen, nicht in der Vergangenheit zu graben, ermahnte ich mich und versuchte, nicht weiter darüber nachzudenken.

Brian würde sicherlich nicht einfach nach Deutschland fliegen ohne mir Bescheid zu geben. Er war ein disziplinierter, durchgeplanter Mensch und nicht so ungeduldig und aufbrausend wie ich.

Jaru

Ich war meinem Ziel endlich nahe. Stella lebte hier irgendwo. In diesem grauen, kalten Land, indem es viel zu trocken war.

Kein Wunder, war sie so verbittert.

Ich musste ein Einwohnermeldeamt finden und dort herausfinden, wo sie genau lebte. Bei meinem Charme sicherlich nicht weiter schwer.

Ich konnte es kaum abwarten, sie mit mir zu nehmen und endlich eins zu sein.

Sie gehörte zu mir, ob sie es nun wahrhaben wollte oder nicht. Sie würde es schon noch begreifen; Früher oder später.

4

Stella

Sieben Tage war die OP nun schon her und ich merkte, wie mir langsam die Decke auf den Kopf fiel.

Ich verbrachte die letzten Tage im Bett oder auf der Couch. Jetzt konnte ich das langsam nicht mehr sehen.

Ich musste endlich raus, unter die Leute. Ich brauchte frische Luft.

Meine Mutter umsorgte mich wie ein Kleinkind, was mir inzwischen auch etwas auf die Nerven ging.

Ich fühlte mich fit und die Nähte heilten gut. In sieben Tagen war mein nächster Kontrolltermin, an dem ich auch endlich die zwickenden Fäden loswerden würde.

Mein Arm war immer noch bläulich-grün verfärbt, aber schon deutlich blasser.

Ich griff mir das Haustelefon und wählte Iris' Nummer.

Wir telefonierten lange.

Am Ende hatten wir uns verabredet. Wir wollten mal wieder tanzen gehen. Wie in alten Zeiten. Iris wollte die anderen Mädels anrufen und morgen Abend erwartete uns die alte Diskothek auf der schwäbischen Alb.

Die anderen Diskos hatten alle der Reihe nach zugemacht, so dass uns nur diese eine blieb. Aber das machte nichts. Wenn wir unterwegs waren, hatten wir immer Spaß - egal wo.

Ich zog mir eine schwarze Lederhose an und dazu meine knallrote Lieblingsbluse, die bereits viel zu lange im Schrank hing. Meine Haare trug ich offen. Wild umsäumten sie mein leicht geschminktes Gesicht. Es war ein ungewohnter Anblick, mich so gerichtet im Spiegel zu betrachten. Aber es tat gut. Ich fühlte mich auch gut und freute mich sehr auf meine Mädels.

Insgesamt fuhren wir zu viert.

Iris hatte keinen Führerschein, ebenso wie Steffi. Lea war das Küken und durfte uns chauffieren, da sie mir noch Schonfrist einräumte.

Die Disko in Eipfingen war gut besucht. Menschen unterschiedlichen Alters tummelten sich hier und tanzten ausgelassen.

Wir gingen, wie üblich, zuerst auf die Toilette und begaben uns anschließend an den Tresen, um uns unsere ersten Drinks zu gönnen.

Ich bestellte eine Runde vom goldenen Tequila für alle und anschließend stürmten wir auf die Tanzfläche, als der DJ Diskofox spielte.

Es lief gerade Wolfgang Petrys *Wahnsinn*. Wir drehten uns gegenseitig paarweise im Kreis und tanzten bis uns die Schuhsohlen qualmten.

Als der DJ später seine Runde Fox beendete und Black auflegte, gingen wir wieder an die Bar, um uns erneut Getränke zu bestellen.

Lea musste Cola trinken, während wir uns gespritzte Cocktails bestellten.

Wir gingen mit unseren Getränken an einen Stehtisch und beobachteten die Menschen auf der Tanzfläche bei ihren ausgelassenen Bewegungen. Ein paar Moves brachten uns zum Lachen und animierten uns dazu, sie nachzumachen.

Da war zum Beispiel diese eine junge Frau, sicherlich noch jünger als ich, mit einem roten Tuch um den Kopf gebunden und Knoten im Haar.

Sie trug eine viel zu kurze Shorts mit einem viel zu engen Top, dazu eine Netzstrumpfhose und war geschminkt wie ein Pfau.

Vermutlich hatte sie einen oder zwei zu viel, so wie sie sich aufführte. Sie machte komische Seitwärtsbewegungen mit den Beinern und fuchtelte dazu unkontrolliert mit ihren Armen.

Zwischendurch wackelte sie mehr als gruselig mit ihrem Hintern.

Es war einfach nur zum Schreien komisch.

Steffi und Iris beschlossen später, eine Zigarette zu rauchen und ich ging währenddessen zur Toilette.

Als ich wiederkam, war der Stehtisch verlassen.

Ich entdeckte Lea eng umschlungen mit einem jungen, dunkelhaarigen Mann auf der Tanzfläche.

Als sich unsere Blicke trafen, winkte sie mir zu und ich hob das Glas, um ihr zuzuprosten.

Wenn ich richtig lag mit meiner Vermutung, war das Jonas, mit dem sie tanzte. Ihn hatte sie vor ein paar Jahren auf dem Weinfest kennengelernt. Er war mit ein paar Kumpels dort und wir hatten uns prächtig mit ihm und seinen Jungs verstanden.

Lea hatte damals schon ein Auge auf ihn geworfen, aber er war bereits vergeben. Inzwischen musste er wohl zu haben sein.

Ich gönnte ihr ihr Liebesglück, obgleich ich bei dem Anblick auch an Brian denken musste.

Wie gerne hätte auch ich mit ihm jetzt und hier getanzt. Das war etwas, was wir noch nie gemeinsam gemacht hatten.

Der DJ spielte inzwischen House, da konnte ich meine Füße nicht länger stillhalten. Ich tanzte neben dem Tisch, um einen Blick auf die Getränke zu haben.

Als Steffi und Iris schließlich zurückkamen, tranken wir zügig leer und begaben uns ebenfalls auf die Tanzfläche. Ich genoss die Musik, die mich mit sich nahm und wunderte mich nicht weiter darüber, wie angeheitert ich mich fühlte.

Ich hatte schließlich schon eine Weile keinen Alkohol mehr getrunken, da war es sicherlich normal, dass die Wirkung stärker war als sonst.

Irgendwann wurde mir allerdings schlecht und die Musik dröhnte unangenehm in meinem Kopf.

Ich sagte meinen Mädels Bescheid, dass ich kurz zur Toilette ging und machte mich auf unsicheren Beinen auf den Weg dorthin.

Ich war fast da, als mich jemand an meinem Arm packte.

Ich hielt inzwischen eine Hand vor den Mund, aus Angst mich übergeben zu müssen.

Ich drehte mich um und versuchte, die Person, die mich fest hielt zu erkennen.

Doch meine Sicht war irgendwie verschwommen.

Die Person zog mich mit sich nach draußen und hielt mich umklammert, als ich mich neben dem Ausgang übergeben musste.

„Scht…alles ist gut" hörte ich die Person sagen und versuchte angestrengt mich daran zu erinnern, wem diese Stimme gehörte. Sie kam mir sehr vertraut vor. Ich kannte diese Person.

Mir wurde immer elender und ich war bald nicht mehr in der Lage logisch zu denken, geschweige denn, mich zu wehren.

Ich wurde durch die Gegend gezerrt und irgendwann musste ich ohnmächtig geworden oder eingeschlafen sein.

Brian

Ich hatte Stellas Adresse über ihre Krankenakte herausgefunden und machte mich an meinem freien Tag auf den Weg zu ihr.

Unterwegs hatte ich einen Strauß dunkelroter Rosen gekauft und hoffte, sie würde sich genauso freuen mich zu sehen, wie ich es tat.

Ich war sehr aufgeregt und konnte es kaum erwarten, in ihre grau-grünen Augen zu blicken und sie in meine Arme zu nehmen.

Ich grübelte die vergangenen Tage darüber, ob sie sich daran erinnerte, mich im Krankenhaus gesehen zu haben.

Wenn nicht, sollte ich ihr dann überhaupt erzählen, dass ich sie narkotisiert habe?

Ich drückte die Türklingel und eine Frau mit langen, roten Haaren öffnete die Haustüre.

„Hallo?" fragte sie und musterte mich.

„Hallo. Miss Bleher, oder?"

„Ja, und Sie sind?"

„Entschuldigung, dass ich hier so ungebeten auftauche. Ich bin Brian O'Sullivan und wollte gerne zu ihrer Tochter Stella. Ist sie da?"

Stellas Mutter schien verwundert zu sein und im nächsten Moment wechselte ihr fragender Blick in einen sorgenvollen.

„Was ist los?" fragte ich sie.

„Kommen Sie doch bitte kurz rein"

Miss Bleher hielt mir die Türe auf und ich folgte ihr in eine kleine Küche.

Dann nahm sie einen zerlesenen Zettel von der Arbeitsplatte und hielt ihn mir entgegen.

„Sehen Sie, was Sie angestellt haben? Sie ist ohne ein Wort geflogen. Zu Ihnen!"

Ich überflog den Brief und konnte nicht fassen, was ich darin las.

Stella wollte zu mir fliegen, nach Irland. Sie schrieb, sie würde ohne mich nicht leben können und dass ich bereits von ihr informiert worden war.

Ich schaute ihre fassungslose Mutter an.

„Ich hol sie zurück! Das verspreche ich Ihnen!"

„Halt! Wenn sie nicht so zurückkehrt, wie sie gegangen ist, werde ich sie persönlich dafür verantwortlich machen!"

Ihre zornigen Augen füllten sich mit Tränen.

Ich nahm ihre Hand, drückte sie und verließ das Haus, um schnellstmöglich einen Flug nach Irland zu bekommen.

Dieser Brief war nicht von Stella. Da war ich mir hundertprozentig sicher.

Ihren Abschiedsbrief, den sie mir am Morgen ihrer Heimreise auf das Kopfkissen legte, hatte ich unzählige Male gelesen. Ich kannte ihre Handschrift und dieser Brief war definitiv nicht von ihr.

Stella

Ich hatte tierische Kopfschmerzen und konnte mich nicht bewegen. Ich versuchte, meine Augen zu öffnen, um etwas erkennen zu können, doch sie fielen mir immer wieder zu.

Ich stöhnte.

Was war geschehen?

Ich erinnerte mich daran, dass ich mit meinen Mädels unterwegs war. Wir waren ausgelassen und tanzten. Mehr wusste ich nicht mehr.

Hatte ich zu viel getrunken?

Mein Kopf schien explodieren zu wollen. Ich konnte jetzt nicht nachdenken. Ich gab auf und schloss die Augen wieder.

Als ich das nächste mal zu mir kam, ging es meinem Kopf schon etwas besser, doch bewegen konnte ich mich immer noch nicht.

Ich schaffte es nun, meine Augen offen zu halten und betrachtete meine Umgebung. Ich befand mich in einem mir unbekannten Raum.

Wie war ich hierher gelangt?

Ich hatte doch gar nicht so viel getrunken. Oder?

Ich versuchte meine Arme zu benutzen. Jetzt erkannte ich den Grund meiner Unfähigkeit, mich zu bewegen.

Ich war gefesselt. Es war zum wahnsinnig werden.

Wo war ich jetzt schon wieder rein geraten?

Und vor allem, warum war ich gefesselt?

Im Dämmerlicht konnte ich nur ein karg eingerichtetes Zimmer erkennen.

Die Einrichtung schien alt zu sein und die vielen Spinnweben und die dicke Staubschicht auf den verlebten Möbeln ließen erahnen, dass hier schon lange niemand mehr gewohnt hat.

Ich kämpfte gegen die viel zu straffen Fesseln an, doch es war zwecklos.

Wer auch immer mich hierhergebracht hatte, wollte sich sicher sein, dass ich auch hier blieb.

Meine Beine waren zusammengebunden und meine Handgelenke waren am Kopfende des Bettgestells fixiert.

Ich hörte Schritte und hielt inne.

Die Türe ging auf und ich erkannte die Umrisse einer Person, die sich mir näherte.

Ich hielt den Atem an, schloss die Augen und zitterte vor Angst.

„Oh, du bist wach." entgegnete mir die Person, dessen Stimme ich sofort erkannte.

Ich riss die Augen auf, starrte ihn wütend an.

„Mach mich sofort los oder ich, ich…" mir fiel einfach nichts ein, was ich hätte sagen können.

„Oder was? Willst du schreien? Das würde dir nicht helfen. Hier hört dich niemand. Wir sind ganz alleine."

Die Art und Weise, wie er seinen letzten Satz betonte, ließ mir einen kalten Schauer den Rücken hinunter jagen.

„Warum tust du das? Jaru, bitte! Das bist doch nicht du."

Er lachte selbstgefällig und fasste mir an die Wange.

Ich drehte den Kopf zur Seite, um seine Hand loszuwerden, woraufhin er nun mein Kinn packte und meinen Kopf so drehte, dass ich ihn ansehen musste.

„Du wirst schon noch erkennen, wer besser zu dir passt."

Er drückte mir einen groben Kuss auf meine Lippen, lachte hämisch und machte kehrt, um den Raum wieder zu verlassen.

Ich spuckte ihm hinterher, doch er schien es einfach zu ignorieren.

Mit einem lauten Knall schloss er die Türe hinter sich.

Ich verstand gar nichts mehr.

War er wahnsinnig geworden?

Brida hatte mich gewarnt, doch ich hatte nicht damit gerechnet, dass Jaru nach Deutschland kommen würde.

Niemand wusste, wo ich war. Nicht einmal ich selbst.

Meine Mutter machte sich bestimmt tierische Sorgen und meine Mädels mussten sich auch fragen, wo ich abgeblieben war. Tränen der Wut bahnten sich ihren Weg aus meinen Augen und ich fühlte sofort, die lange nicht dagewesene Hitze in mir aufsteigen.

Ich fing an zu glühen und kämpfte nun wieder gegen die Fesseln an, die mich an dieses Bett banden.

Ich zerrte und rüttelte mit aller Kraft, aber es schien aussichtslos.

Irgendwann konnte ich nicht mehr und auch die Hitze schien mich zu verlassen.

Meine Wut verrauchte und Verzweiflung machte sich in mir breit.

Ich musste hier raus. Ganz schnell!

Erneut schwang die Türe auf und Jaru kam mit einem Tablett auf mich zu. Er schob einen Stuhl heran und setzte sich direkt neben mich.

„Du musst Hunger haben und sicherlich bist du auch durstig. Hier"

Jaru hielt mir einen Becher entgegen.

Ich warf ihm einen bösen Blick zu. Ich hatte Hunger, doch der Durst war beinahe unerträglich.

Trotzdem wollte ich nichts anrühren. Den Gefallen wollte ich ihm nicht tun.

„Trink!" befahl er jetzt.

„Nein!" blaffte ich zurück.

„Wie du willst."

Er leerte den Inhalt des Bechers einfach neben mir auf den Boden, stellte das Tablett daneben und ließ mich wieder alleine.

Ich wusste nicht, was er vorhatte, doch ich war mir sicher, dass es dabei nicht nur um mich ging.

Ich versuchte, ein wenig zu schlafen, um Kräfte zu sparen und nicht zu viel zu grübeln, doch es viel mir schwer, die wirren Gedanken im Zaum zu halten.

Ich hatte wieder Albträume von den Schatten und Ezraél. Sah, wie Socke mich attackierte und war wieder mit Jaru im Pferdestall, wo er mich gegen die Wand drückte und küsste.

Durch meinen Schrei wachte ich auf.

Ich war nassgeschwitzt und meine Gliedmaßen taten weh.

Die Fesseln waren zu eng. Meine Handgelenke pochten.

Durch ein mit Brettern vernageltes Fenster fielen ein paar Sonnenstrahlen ins Zimmer und erhellten den Raum ein wenig.

Allerdings sorgte das bei mir nur für mehr Frustration.

Der Raum war immer noch der gleiche und der modrige Geruch, den ich bisher nicht wahrgenommen hatte, war einfach nur ekelig.

Jaru war auf dem Weg zu mir. Ich konnte seine Schritte hören.

Durch die offene Türe schien Licht und Jaru hielt wieder ein Tablett in den Händen.

„Wäre die Dame jetzt bereit, etwas zu sich zu nehmen?" lächelte er.

Er versuchte doch tatsächlich mich aufzuheitern. Tiefer sinken konnte er doch gar nicht mehr.

Ich blickte ihn ungläubig an. Der Duft nach Eiern und gebratenem Speck schlug mir entgegen und ließ mir das Wasser im Mund zusammenlaufen.

Sollte ich so schnell nachgeben?

Aber wenn ich überleben und hier raus wollte, musste ich bei Kräften bleiben. Mir blieb nichts anderes übrig.

Ich seufzte und ließ mich von Jaru füttern. Brav schluckte ich hinunter, als er mir den Becher mit dem Wasser an meine Lippen führte.

Ohne Frage, das Essen tat gut und auch meiner ausgetrockneten Kehle ging es gleich besser.

„Wo hast du mich hingebracht? Und warum bin ich gefesselt?" fragte ich ihn nach der Mahlzeit.

„Wir sind in Irland. Die Fesseln werde ich lösen, wenn ich sicher sein kann, dass du keine Dummheiten machst."

„Was mache ich, wenn ich zur Toilette muss? Ich sollte dringend mal."

„So wie du riechst, hast du das bereits erledigt" bemerkte er mit gerümpfter Nase.

Er hatte recht. Meine Hose war nass und den Geruch nach Urin konnte ich nicht leugnen. Ich schämte mich dafür, doch ich hatte es nicht einmal bemerkt, mich gelöst zu haben.

„Wenn du brav bist, werde ich dich bald losbinden."

Es hatte keinen Sinn zu protestieren. Ich drehte den Kopf weg und wartete darauf, die Türe zu hören.

Doch er ging nicht.

Er summte vor sich hin. Diese Melodie kannte ich. Es war Brians Lied. Er summte es für mich, als er mich am Steinkreis fand. Es tat weh, sie jetzt zu hören. Jaru wusste, dass ich diese Melodie mit Brian verband. Doch er wollte mir weh tun. Er wollte, dass ich litt.

Ich unterdrückte die Tränen und hoffte, er würde endlich damit aufhören. Ich wollte ihn nicht auffordern es zu lassen. Das wäre wieder ein Triumph für ihn gewesen.

Irgendwann stand er schließlich auf und ging.

Die Türe schloss er leise hinter sich und nun konnte ich meine Tränen laufen lassen.

Brian, wo war er nur jetzt? Ich versuchte, ihn mir vorzustellen, doch ich war im Moment einfach nicht stark genug dafür.

Ich vegetierte den ganzen restlichen Tag vor mich hin, schlief mehrmals ein und wachte jedes Mal schweißgebadet und tränennass auf.

Am Abend kam Jaru erneut mit einem Tablet zu mir und gab mir etwas zu Essen und Wasser.

Mein Greul gegen ihn wurde immer größer. Als er mich wieder mir selbst überließ, schmiedete ich einen Plan.

Ich nahm mir vor, sein krankes Spiel mitzuspielen, bis ich eine Möglichkeit fand, um zu flüchten.

5

Es war die reinste Wohltat, die steifen Gliedmaßen bewegen zu können.

Ich bemühte mich, Jaru gegenüber freundlich zu sein und nach einem weiteren trostlosen Tag machte er endlich die Fesseln los.

Ich stand mit wackligen Beinen auf und ließ mich brav von ihm unterharken, um nach draußen zu gelangen.

Die Luft war feucht und stickig, die Sonne unangenehm grell.

Als sich meine Augen an das Licht gewöhnt hatten, blickte ich mich um.

Hier gab es nichts außer Sträuchern und Bäumen, die wie auf der ganzen Insel voller Moos waren.

Vor der verfallen Holzhütte befand sich ein größerer See, zu dem mich Jaru brachte, um mich waschen zu können.

Ich rechnete meine Chancen aus, davonzukommen.

Doch ob ich schwimmen oder rennen würde, es war gleich aussichtslos. Ich war körperlich nicht in guter

Verfassung und womöglich würde ich dadurch meine Lage wieder verschlechtern.

Ich musste sein Vertrauen gewinnen.

Jaru stand am Ufer und beobachtete mich ganz genau dabei, wie ich in den See lief.

Am Ufer hatte er frische Kleidung platziert, die ich anschließend anziehen sollte.

Mir war völlig egal, was ich am Laib trug.

Hauptsache war, dass dieser ekelige Geruch verschwand.

Erst als ich brusthoch im Wasser stand, streifte ich die schmutzige Kleidung ab.

Ich warf sie Jaru entgegen, der sie gekonnt auffing und dabei die Nase rümpfte.

Ich genoss das kühle Wasser auf der Haut, tauchte kurz unter und schrubbte mich gründlich mit Jarus Seife durch. Zuletzt wusch ich meine blutigen Striemen. Die Fesseln hatten wirklich ganz schön reingeschnitten.

Als ich fertig war, bat ich Jaru, sich umzudrehen, da ich aus dem See kommen wollte.

„Du brauchst dich nicht schämen. Ich habe das alles schon gesehen. Außerdem gehört es doch zu einer Beziehung dazu, sich gegenseitig nackt zu sehen!"

Er grinste schelmisch und seine Augen flackerten wild vor Neugier.

Ich wollte mich ihm nicht so zeigen. Das ging zu weit.

Und von wegen Beziehung … Dachte er tatsächlich, dass ich jemals wieder mehr als Ekel und Hass ihm gegenüber empfinden würde?

Dennoch musste ich wohl oder übel mitspielen, wenn ich jemals wieder von ihm fortkommen wollte.

Ich riss mich zusammen und setzte ein freundliches Gesicht auf.

„Jaru, hör mir mal bitte ganz genau zu. Ich schäme mich nicht. Nur möchte ich es langsam angehen lassen. Gut Ding will Weile haben. Nichts überstürzen, ja?"

Jaru dachte tatsächlich über meine Worte nach. Das war gut. Er glaubte mir also.

„Ok. Aber wenn du versuchst zu fliehen, wirst du es bereuen!"

Sein Blick war eisern.

„Keine Sorge, wo soll ich denn schon hin. Ich weiß ja nicht mal, wo wir genau sind."

Ich zog mich schnell an und folgte Jaru wieder in mein Gefängnis.

Brian

Meine Mutter war nicht sehr überrascht, als ich ihr von Stellas verschwinden berichtete.

Sie sorgte sich sehr, doch anscheinend hatte sie damit schon fast gerechnet.

Jaru musste dahinterstecken. Da waren wir uns einig.

Dieser verdammte Mistkerl!

Mein Großvater schickte eine ganze Horde Wachen los, um Stella und Jaru zu suchen, doch sie alle kamen nach drei Tagen ohne Anhaltspunkte zurück.

Ich war wahnsinnig vor Sorge und konnte nur untätig rumsitzen. Das war das schlimmste daran.

Ich dachte an meine Zeit als Wolf zurück. Immer wenn ich diese Gestalt annahm, konnte ich Stella fühlen. Ich wusste instinktiv, wo sie sich befand.

Plötzlich hatte ich eine Idee.

James, der ehemalige Lehrer und Heilkundige meiner Familie, hatte mich damals bei sich aufgenommen und kannte auch Stella ganz gut. Er hatte Kontakt zu den Wolfsrudeln im Norden und er kannte sich besser mit uns Gestaltwechslern aus, als sonst irgendwer. Sicherlich konnte er mir helfen, Stella zu finden.

Vielleicht gab es einen Weg, wie ich wieder zum Wolf werden würde. Wenn nicht, konnte ich so zumindest die Rudel informieren, Stella zu suchen.

Ich fing sofort an, zu packen und machte mich auf den Weg.

Stella

Jaru bemühte sich. Er war höflich und zuvorkommend. Obgleich ich immer noch unter seiner Dauerbeobachtung stand, schien er mir allmählich zu vertrauen.

Immer wieder versicherte ich ihm, dass ich nicht davonlaufen werde und er ließ mich inzwischen sogar alleine gehen, wenn ich meine Notdurft erledigen musste.

Nachts schloss er mich allerdings weiterhin in meinem Gefängnis ein. Ich hatte den Gedanken an einen nächtlichen Ausbruch bereits aufgegeben, als ich versuchte, die Fenster von den Brettern zu befreien.

Wir führten oberflächliche Gespräche über das Wetter, Irland und auch über Sidhe. Ich hatte das Gefühl, dass er mir etwas erzählen wollte, vielleicht den Grund meines Aufenthaltes bei ihm. Doch jedes Mal, wenn das Gespräch in diese Richtung führte, lenkte er sofort mit einem anderen Thema ab.

Irgendwie tat er mir sogar leid.

Er war ganz alleine. Seine Familie kannte ich zwar nicht, aber ich nahm an, dass sie verstorben waren. Ebenso wie sein bester Freund seit Kindertagen.

Fenda war ein netter und einfühlsamer Sidhe. Ich war gerne in seiner Nähe. Jaru musste ihn schrecklich vermissen.

Wir saßen gerade draußen an einem Lagerfeuer und Jaru schnitzte irgendetwas kleines aus einem Stück Holz.

In den vergangenen Tagen hatte ich jede Sekunde genutzt, mir die Gegend genau einzuprägen und war mir nun zumindest sicher, in welcher Richtung meine besten Fluchtchancen lagen.

Ich spielte weiterhin sein kleines Spiel mit und tat so, als wäre ich ihm nicht böse, noch erwähnte ich Brian oder sonst wen.

Manchmal griff er nach meiner Hand oder fuhr mir mit den Fingerspitzen über die Wange.

Seine Berührungen ekelten mich an und am liebsten hätte ich seine Hand weggeschlagen.

In diesen Momenten musste ich mich sehr zusammenreißen, die Maske zu wahren.

Irgendwo hinter dem See hörte ich plötzlich Stimmen.

Jaru zog mich hoch an seine Seite und hielt mich fest umklammert.

Ich hoffte inständig darauf, dass jetzt mein Rettungstrupp kam, doch ich wurde enttäuscht.

Es waren mehrere, mir unbekannte Männer auf Pferden, die zu uns stießen.

Ich zählte sechzehn.

Jaru begrüßte die Männer freundlich und einige umarmte er sogar, als sie von ihren Pferden stiegen.

„Das ist mein Sternchen!" stellte er mich großspurig vor.

Ich setzte ein freundliches Lächeln auf und erntete als Dank missbilligende Blicke der Fremden.

„Geh bitte nach drinnen, Stella. Wir müssen etwas bereden."

Ich blickte ihn fragend an.

„Sicher? Hast du keine Angst, ich würde fliehen?"

Jaru dachte kurz nach, bevor er antwortete und ein Lächeln seine Lippen umspielte.

„Nun, du bist nicht unbedingt die Schnellste oder besonders gut zu Fuß. Wenn du fliehen würdest, brichst du dir womöglich vor lauter Schusseligkeit die Beine oder verirrst dich nur. Aber du hast Recht. Bleib lieber hier. Ich habe keine Zeit, um dich zu suchen oder zusammen zu flicken."

Er lachte laut auf.

Ich fand das gar nicht witzig.

Aber was meinte er damit, er hätte keine Zeit mich zu suchen oder zu verarzten? Wollte er mit mir fortgehen?

Ich setzte mich wieder ans Feuer und beobachtete Jaru und die anderen dabei, wie sie erst ihr Gepäck abluden und sich anschließend um das Feuer verteilten.

Es wurde eng und viele der Männer starrten mich unverhohlen an.

Jaru schlang den Arm um mich, offenbar um den anderen zu demonstrieren, dass ich sein Eigentum war.

Als alle saßen, begannen sie, sich zu unterhalten.

Ein Hoch auf meine neue Fähigkeit! Ich verstand jedes Wort, obwohl sie in der Sprache der Sidhe debattierten.

Es ging um Ethuriel und Brian. Sie überlegten sich eine Strategie, wie sie am besten unbemerkt in den Palast kamen.

Offenbar hatten sie vor, den König zu stürzen.

Ich konnte meinen Ohren kaum trauen. Dieser miese Verräter!

Ich musste mich sehr zusammenreißen, um entspannt und gelangweilt zu wirken, während ich innerlich bebte vor Zorn und Sorge.

Vielleicht ging es nie wirklich um mich. Er wollte Ethuriel und Brian loswerden. Da war ich logischerweise der perfekte Köder.

Andererseits, so wie er sich benahm, wollte er vermutlich alles.

Das Königreich mitsamt mir als seiner Königin. Brrrr. Der Gedanke daran widerte mich an.

Ich versuchte, soviel wie möglich mitzubekommen, doch offenbar wechselten sie bewusst das Thema.

Hatte ich mich doch irgendwie verraten?

Einer der Männer sprach mich in ihrer Sprache an.

Wie mein Name war, wollte er wissen.

Ich stellte mich dumm und zog eine Augenbraue hoch.

Dann stupfte ich Jaru in die Seite und bat ihn, mir zu übersetzen, was ich eben gefragt wurde.

„Danke dir" lächelte ich Jaru scheinheilig an.

„Stella" richtete ich nun mein Wort an den Mann.

Er schaute mich lange an, bevor er sich wieder einem anderen Mann zuwandte.

Ich brauchte einen neuen Plan. Nur so tun, als ob ich Jaru wohl gesonnen war, half mir nicht dabei, Ethuriel und Brian zu warnen.

Ich konnte keinen Kontakt zu Brian herstellen, vermutlich weil er wieder er selbst war und nicht mehr Socke.

Aber natürlich! Mir fiel es wie Schuppen von den Augen: Die Wölfe waren die Lösung.

Ich musste warten, bis es Abend war und alle schliefen. Dann konnte ich versuchen, Miro und Selas zu kontaktieren.

Die Beiden waren mir schon einmal zu Hilfe gekommen und hoffentlich immer noch auf der Seite der Guten.

Brian

Ich ritt so schnell ich konnte. Der Hengst, den ich auswählte, war ausdauernd und trittsicher.

Einst gehörte er Jaru. Ich kannte ihn nicht besonders, doch die anderen erzählten nur Gutes über ihn.

Was war nur in ihn gefahren, dass er Stella verschleppte?

Er wirkte damals krank vor Eifersucht, doch der Auslöser für dieses absurde und kranke Verhalten musste woanders liegen.

Ein paar der Wachen, die mit ihm zu tun hatten, beschrieben ihn als sehr diszipliniert, zuverlässig und zurückhaltend.

Niemand kannte ihn allerdings länger, da er erst vor drei Jahren zu uns gestoßen war.

Sein Vater diente lange als hochrangiger Soldat unter meinem Großvater und wurde wegen seiner Tapferkeit und Treue von allen sehr geschätzt. Er fiel, als er ein paar Wachen im Kampf gegen die Schatten unterstützte.

Jaru wuchs offenbar bei seiner Mutter auf, die bei einem Volk im hohen Norden lebte. Nach dem Tod seines

Vaters, bot mein Großvater ihm eine Stelle als Wache an.

Er war hartnäckig, das musste ich bereits am eigenen Leib erfahren.

Wir, mein Großvater und ich, schickten ihn schließlich fort.

Er war nervig geworden, mit seinem penetranten Werben um Stella. Als er sich dann auch noch erdreistete, sie ohne ihre Zustimmung zu küssen, war seine Zeit bei uns abgelaufen.

Ich dachte an Stella.

Hoffentlich ging es ihr gut. Wenn dieser eingebildete Idiot ihr auch nur ein Haar krümmte, wusste ich nicht, ob ich mich noch beherrschen konnte.

Ich stieg vom Pferd und hämmerte gegen die alte Holztüre von James maroder Hütte.

Ich wäre ihm vor lauter Freude darüber, ihn anzutreffen, fast um den Hals gefallen.

Ich kam ohne Umschweife zum Grund meines Besuchs und berichtete ihm alles, was ich wusste.

„Stella hat Miro und Selas offenbar bereits kontaktiert. Die Beiden sind seit gestern Abend verschwunden." äußerte er sich nun.

„Was dich angeht, kann ich dir nicht helfen. Sei froh, dass du wieder zwei Beine hast und bei klarem Verstand bist. Die Wölfe werden sie finden. Sei unbesorgt, Stella ist stark."

„Ich weiß, dass sie stark ist und ich weiß auch, dass sie sich wehren kann. Aber ich weiß nicht, zu was Jaru fähig ist und dieses Gefühl, nichts ausrichten zu können, treibt mich in den Wahnsinn."

James schmunzelte.

„Jetzt kannst du vielleicht ein klein wenig nachempfinden, wie es ihr ergangen ist, als sie versucht hat, dich aus deiner Wolfsgestalt zu befreien. Ich kenne Jaru nicht besonders gut. Doch ich glaube nicht, dass er Stella ernsthaft verletzen würde. Er hat starke Gefühle für sie. Dich scheint er aber wirklich zu hassen."

„Das klingt ja sehr beruhigend" erwiderte ich.

„Wahrscheinlich ist es am besten, wenn du zurück zu deiner Familie reitest. Du kannst von hier aus nichts bewirken. Wenn Miro und Selas sie finden sollten, werden sie sie mit Sicherheit zu deinem Großvater bringen. Vertraue auf Stella. Sie schafft das schon."

Ich dankte James für seinen Rat und nahm das Angebot an, die Nacht in seiner Hütte zu verbringen.

Stella

Endlich gingen sie schlafen. Ungeduldig wartete ich darauf, alleine in meinem miefigen Gefängnis zu sein.

Ich legte mich ins versiffte Bett, wartete auf das Geräusch, das es gab, wenn die Türe abgeschlossen wurde und konzentrierte mich auf Miro.

Ich war sehr angespannt und es viel mir schwer, sein Bild vor meinem inneren Auge zu festigen.

Als es mir endlich gelang, hörte ich erneut den Schlüssel im Türschloss. Sogleich schwang die Türe auf und jemand kam herein. Das Bild von Miro war wieder weg und ich wusste nicht, ob mein Kontaktversuch geglückt war.

Ich wollte Jaru gerade fragen, was er jetzt noch bei mir wollte, als ich erkannte, dass es nicht Jaru war, der das Zimmer betrat.

Es war der Sidhe, der mich am Feuer nach meinem Namen gefragt hatte.

„Du bist also Undómièl" spottete er in seiner Sprache.

Ich gab mich ahnungslos und tat weiter so, als ob ich ihn nicht verstand.

„Komm schon Kleine, ich weiß, dass du mich verstehst" keifte er.

„Was hast du gesagt? Was willst du von mir?"

„Du hast mich schon verstanden. Und jetzt steh auf und komm mit!"

Ich wusste nicht, wie ich darauf reagieren sollte und stellte mich vorsichtshalber weiterhin dumm.

Da packte er meinen Arm und zerrte mich aus dem Bett.

Ich schrie so laut ich konnte, trat nach ihm und versuchte, mich aus seinem Griff zu lösen.

Er lachte laut auf und zog mich einfach mit sich.

Plötzlich tauchte Jaru auf und riss meinen Peiniger zu Boden.

Ich fiel zur Seite und beobachtete das Gerangel der Beiden.

Jaru packte den Kerl am Kragen und drückte ihm das Knie gegen die Brust.

„Was wolltest du hier drin? Sie gehört mir! Du hast hier nichts verloren!"

Der Eindringling lachte laut.

„Du begreifst es nicht, oder?"

Jaru ließ von ihm ab.

„Was begreife ich nicht? Rede!"

„Deine Kleine hat mitgehört. Jedes Wort. Sie versteht uns."

Ungläubig blickte Jaru nun zu mir und erwartete wohl eine Reaktion meinerseits.

Ich war nicht auf diese Situation vorbereitet und dementsprechend fiel mir nicht ein, wie ich darauf reagieren sollte.

Ich schüttelte mit dem Kopf.

„Frag sie! Sie weiß, was wir vorhaben und wenn sie es schafften sollte, den König zu warnen, war alles umsonst."

„Geh! Ich regle das."

Nachdem er mich noch ein letztes Mal missbilligend anblickte, verließ mein Peiniger den Raum, doch meine Anspannung wuchs ins Unermessliche.

Jaru kam langsam auf mich zu. Sein stechender Blick schnürte mir die Kehle zu.

Ich kroch rückwärts, bis ich an der Wand angelangt war.

„Ist es wahr?" fragte er mich und ballte die Hände zu Fäusten.

Ich schauderte und schüttelte erneut mit dem Kopf.

Jetzt hatte ich einen Fehler begangen. Er hatte mich in der Sprache der Sidhe gefragt.

Er packte mich am Schopf, zog mich hoch, holte aus und verpasste mir einen Schlag ins Gesicht, der mich zu Boden gebracht hätte, wenn er mich nicht festgehalten hätte, um mir einen zweiten Hieb zu verpassen. Diesmal traf er meinen Mund.

Als er mich nun losließ, ging ich zu Boden und spuckte das Blut aus.

Er beschimpfte mich als Heuchlerin und Verräterin.

Dann ging er ein paarmal im Raum auf und ab, bevor er mich schließlich ins Bett zerrte und mich wiederholt mit viel zu engen Fesseln ans Bett band.

Er würdigte mich keines Blickes mehr, verließ den Raum und schloss die Tür hinter sich ab.

6

Niemand kam am nächsten Morgen, um mir etwas zu essen oder zu trinken zu bringen.

Meine Lippe war aufgeplatzt und geschwollen, die rechte Gesichtshälfte pochte.

Ich verbrachte die meiste Zeit damit, Kontaktversuche mit den Wölfen zu unternehmen, die jedoch nicht geglückt schienen, da ich sie nicht bildlich erfassen konnte.

Es dämmerte bereits, als Jaru mein Gefängnis betrat. Er sprach nicht viel. Doch sein Blick war eisern.

Er löste meine Fesseln vom Bett, drückte mir einen Eimer in die Hand, um endlich pinkeln zu können und befahl mir anschließend, stehen zu bleiben, damit er die Fesseln hinter meinem Rücken fixieren und die Augen verbinden konnte.

Dann schubste er mich vor sich her nach draußen, um mich dort auf einen Pferderücken zu setzen.

Er setzte sich dahinter.

Der kühle Wind und der anhaltende sanfte Nieselregen taten gut auf meiner geschundenen Haut. Die Nähe zu Jaru jedoch war einfach nur unerträglich.

Ich lehnte mich so weit vor, wie es ging und obwohl mein Rücken bald schmerzte, war es immer noch besser, als seine Körperwärme zu spüren.

Ich dachte einst, er könnte mein Freund sein. Er kümmerte sich damals so liebevoll um mich und war für mich da, als ich jemanden brauchte.

Doch ich hatte auch gesehen, wie rasend und stur er sein konnte, wenn er ein Ziel vor Augen hatte.

Beinahe hätte er Brian getötet.

Meine Situation schien aussichtslos.

Wir ritten eine lange Zeit, bevor wir schließlich eine Rast einlegten.

Jaru zog mich unsanft vom Pferd und schubste mich zu Boden.

Anschließend löste er die Augenbinde und hielt mir einen Becher an den Mund. Hastig trank ich ihn leer.

Der Vollmond erhellte die dunkle Nacht.

Ich begann, mich umzusehen, doch diese Gegend kam mir ebenso wenig bekannt vor, wie der Ort, an dem er mich gefangen hielt.

„Sie kommen!" brüllte einer der anderen Männer Jaru entgegen.

Jaru nickte dem Sidhe zu und wandte sich an mich.

„Du siehst schlimm aus Stella. Ich hoffe, es war dir eine Lehre. Ich wollte dir wirklich nicht weh tun, das hast du dir selbst zuzuschreiben. Wenn du mich noch einmal hintergehst, werde ich mich nicht mehr beherrschen können!"

Ich nickte demütig und blickte auf den Boden.

Da berührte er meine geschwollene Wange. Ich zuckte unter seiner Berührung zusammen.

Als die Gruppe Sidhe näherkam, ließ er mich sitzen und begrüßte seine Mitstreiter.

Mindestens zwanzig weitere Männer stießen zu uns. Auch unter ihnen kannte ich niemanden.

Jaru verband mir erneut die Augen, bevor er mich wieder auf das Pferd hievte und hinter mir Platz nahm.

Wir ritten und ritten.

Das Donnern der vielen Pferdehufe hallte in meinem Kopf wieder.

Ich war erschöpft und ziemlich mitgenommen.

Immer wieder döste ich kurz ein und erschrak, als ich feststellte, dass das alles Wirklichkeit war.

Ich hatte inzwischen jegliche Hoffnung auf Rettung aufgegeben.

Eine tiefe Verzweiflung machte sich in mir breit.

Ich wusste nicht, wie ich entkommen sollte, geschweige denn, wie ich mich zur Wehr setzten sollte, falls Jaru erneut auf die Idee kam, die Faust gegen mich zu richten.

Als wir erneut anhielten, richteten die Sidhe ein Lager her. Jaru hatte mir die Augenbinde abgenommen und zerrte mich auf den nassen, matschigen Boden. Dort verharrte ich, von einem Sidhe bewacht, bis er mich holen kam.

Die Männer bauten Zelte auf, machten Feuer und teilten sich für die Wache ein.

Wir hatten Tag, doch hatte ich keine Ahnung, wie viel vom Tag noch übrig war.

Brian

Ich war kein besonders guter Fährtenleser, doch ich konnte einfach nicht anders, als mich auf die Suche zu begeben.

Irgendwo in der Nähe von James' Hütte, mussten Wolfsspuren sein.

Ich suchte den matschigen Boden lange Zeit ab, bis ich endlich Pfotenabdrücke entdeckte.

Zwischen dem ganzen Farn und Moos, war es nicht einfach, die Spur zu verfolgen.

Sie waren schnell unterwegs. Der große Abstand ihrer Abdrücke verriet es mir.

Die Spuren führten in den Norden.

Ich ging zurück zur Hütte, stieg aufs Pferd und folgte den Wölfen.

Stella

Ich musste mir ein Zelt mit Jaru teilen.

Er befahl mir mich hinzulegen, nachdem er mich hineingezerrt hatte, um nun auch meine Füße zu fesseln.

„Wag es ja nicht, einen Fluchtversuch zu unternehmen! Ich habe die Männer angewiesen, dich nicht aus den Augen zu lassen!"

Ich schluckte. Wie sollte ich schon entkommen können?

Anschließend verließ er das Zelt.

Draußen war es zunächst still. Die Sidhe sprachen sehr leise miteinander, damit ich nichts mitbekam.

Ich starrte die dreckigen Zeltwände an und wartete darauf, dass irgendetwas passierte.

Die Zeit verstrich einerseits viel zu langsam. Andererseits zu schnell, so dass mir kaum noch Zeit blieb, Ethuriel und die anderen zu warnen.

Ich roch den Duft von Feuer und kurz darauf hörte ich die Männer lachen und scherzen.

Sie prosteten sich zu und sangen Siegeshymnen.

Sie freuten sich auf das, was vor ihnen lag.

Es war nicht zu überhören.

Als Jaru später das Zelt betrat, starrte er mich merkwürdig an.

Er ging direkt auf mich zu und berührte meine geschundene Wange.

Eine Alkoholfahne schlug mir entgegen.

Ich drehte den Kopf weg und hielt die Luft an.

Dann riss er meine Arme nach oben und hielt sie eisern fest, bevor er seine andere Hand unter mein Shirt schob.

„Hör auf damit!" brüllte ich ihn an.

„Nimm deine widerlichen Finger weg!"

Ich wand mich, doch es nützte nichts. Er war stärker.

Plötzlich schob er seinen Körper über mich. Seine Augen loderten wild und ich erkannte, was er vorhatte.

Obwohl ich wusste, dass keiner der Sidhe kommen würde,

fing ich an, um Hilfe zu rufen.

Jaru lachte nur und öffnete nun meine Hose, um sie herunterzuschieben.

Ich schrie lauter und versuchte mit all meiner Kraft, seinen Körper loszuwerden.

Ihn schien es nicht im Geringsten zu stören. Er verstärkte seinen Griff und hielt mir den Mund zu.

Irgendwie gelang es mir, ihn zu beißen.

Daraufhin holte er aus und verpasste mir mehrere Schläge ins geschundene Gesicht.

Mein Kopf schien zu zerspringen.

Ich war bereits der Ohnmacht nahe, als er meine Fußfesseln löste, um sein Vorhaben vollenden zu können.

Gerade noch rechtzeitig erhielt ich plötzlich doch noch Hilfe.

Ich erkannte die verschwommenen Umrisse mehrerer Wölfe.

Zwei von ihnen stürzten sich auf Jaru, der daraufhin brüllte und wild um sich schlug.

Andere machten sich an meinen Handgelenken zu schaffen und schleckten mir die Wangen ab.

So schnell ich konnte, robbte ich aus dem Zelt und kroch ins Gestrüpp.

Einige Sidhe waren inzwischen beim Zelt angekommen und halfen Jaru, sich gegen die Wölfe zur Wehr zu setzen.

Der Schutz der Dunkelheit kam wie gerufen, doch ich durfte jetzt nicht verharren.

Ich kroch immer weiter und weiter, bis ich irgendwann so erschöpft war, dass ich einfach zwischen den Büschen liegenblieb.

Bald darauf fühlte ich die warmen Körper der Wölfe neben mir, die sich um mich herum verteilten. Eine Stimme in meinem Kopf sprach zu mir. Sie sagte, dass ich schlimm aussah, aber jetzt in Sicherheit war, da sie mich nicht mehr aus den Augen lassen würden.

Die Stimme gehörte eindeutig zu Miro. Aber er war doch ein Wolf. Wie war das möglich? Meine neue Gabe vielleicht, überlegte ich.

Ich war zu müde, um weiter darüber nachzudenken und schlief kurz darauf ein.

Im Traum durchlebte ich Jarus widerliches Vorhaben wieder und wieder.

Die nasse Zunge eines Wolfes weckte mich schließlich und vertrieb endlich die Bilder aus meinem Kopf.

Die Sonne ging bereits auf und die anderen Tiere tänzelten nervös auf der Stelle.

„Guten Morgen, Selas" begrüßte ich meinen tierischen Wecker und streckte erstmal meine steifen Glieder, bevor ich mich umsah.

Ich wusste immer noch nicht, wo ich mich befand, aber die Ungeduld der Wölfe hatte sicherlich einen Grund.

„Wir müssen los" hallte Selas Stimme in meinem pochenden Kopf.

„Ich weiß." stöhnte ich.

Ich stand auf und versuchte mir einen Überblick zu verschaffen.

Die Sonne ging doch im Osten auf, oder? Wenn ich es noch richtig wusste, dürfte Ethuriels Reich im Süden liegen.

Ich musste quasi nur der Sonne folgen.

Die Wölfe formierten sich fächerförmig, um mich gezielt verteidigen zu können. Miro trottete neben mir her, während Selas das Schlusslicht mimte.

„Miro, ich danke euch. Ihr kamt gerade rechtzeitig. Ich darf gar nicht daran denken, was geschehen wäre, wenn ihr nicht aufgetaucht wärt."

Ein kalter Schauer lief mir den Rücken hinunter.

„Es war nicht ganz einfach, dich zu finden. Die Kommunikation lief nicht ganz reibungslos dieses Mal" erklang seine Antwort in meinem Kopf.

„Weißt du denn, was Jaru vorhat? Es sind ja ganz schön viele Krieger bei ihm. Zahlenmäßig sind wir ihnen weit unterlegen."

„Ich weiß" seufzte ich.

„Aber wir müssen ihn irgendwie daran hindern, Ethuriels Schloss zu erreichen. Er will den König stürzen. Von Brian habe ich schon lange nichts mehr gehört und ich mache mir wirklich große Sorgen um alle"

„Verlier deinen Mut nicht. Wir sind jetzt bei dir und wir werden sicher einen Weg finden, Jarus Vorhaben zu vereiteln."

„Ich hoffe es"

Wir liefen und liefen und liefen. Ich hatte Hunger, meine Füße taten weh und mein pochender Kopf war nichts im Vergleich zu meiner ausgetrockneten Kehle.

Die Anzahl der Wölfe belief sich auf etwa fünfzehn Tiere.

Ich fragte Miro ein wenig über die anderen aus.

Er erklärte mir, dass die anderen Wölfe ebenfalls Gestaltwechsler waren und er sie zusammengerufen hatte, als ich versuchte, Kontakt mit ihm aufzunehmen.

Sie alle fühlten sich mit mir verbunden und es war ihnen eine große Ehre, sich ihm und Selas anzuschließen.

Nach ihren Namen fragte ich erst gar nicht. Merken hätte ich sie mir sowieso nicht können.

Es waren kräftigere und schmalere Tiere dabei, wohl weil sie unterschiedlichen Alters waren.

Wir brauchten einen Plan, aber vor allem war es wichtig, Ethuriel und Brian zu warnen.

Plötzlich fing Selas hinter uns an, zu knurren und sogleich positionierten sich die anderen Tiere seitlich hinter ihm.

Mit hohem Tempo ritten zwei von Jarus Kriegern auf mich zu.

Die Wölfe attackierten die Pferde, sprangen hinauf, um die Sidhe packen zu können.

Den ersten hatten sie erwischt. Fluchend und um sich schlagend, versuchte er, sich gegen die Wölfe zu wehren.

Der zweite Mann ritt wendiger. Immer wieder wich er seinen Angreifern gekonnt aus.

Er zog sein Schwert und drosch damit auf die Wölfe ein, während er mir immer näherkam.

Die Schreie, der verletzten Tiere, trafen mich wie Hiebe.

Ich nahm die Beine in die Hand und rannte los.

Aus den Augenwinkeln heraus, konnte ich Miro erkennen, der die Verfolgung aufgenommen hatte und sich nun am Pferd des Reiters festbiss. Der Krieger versuchte den Wolf abzuschütteln, aber als das nicht gelang, gab er auch ihm einen Hieb mit dem Schwert.

Jaulend krachte Miro zu Boden.

Meine Lunge brannte.

Ich wusste nicht, wo ich noch hin rennen sollte. Gegen ein Pferd hatte ich keine Chance.

Ich überlegte, ob ich mich einfach ergeben sollte, doch es sollte nicht dazu kommen.

Wie aus dem nichts, tauchte ein weiterer Reiter auf und ritt mit gezogener Klinge auf meinen Angreifer zu.

Der Klang der aufeinandertreffenden Waffen hallte in meinem Kopf und erinnerte mich an den Kampf am Steinkreis.

Ich versuchte meinen Helden zu erkennen, doch sie kämpften so unermüdlich und schnell miteinander, dass ich nicht erkennen konnte, wer er war oder wer von beiden die Oberhand hatte.

Ich nutzte die Gelegenheit und rannte weiter.

Ich lief so schnell ich konnte, streifte Dornenbüsche, stolperte, fiel und rannte wieder.

Hinter mir hörte ich erneut die schnellen Hufe eines Pferdes.

Es war wohl sinnlos weiter davon zu laufen.

Der Reiter hatte mich inzwischen eingeholt und sprang vom Pferd.

Das war doch nicht möglich? Wie hatte er…? Ich verlor meinen Gleichgewichtssinn und landete in zwei starken Armen.

Brian. Mein Held.

7

Ich lag in Decken eingewickelt am Lagerfeuer und beobachtete Brian dabei, wie er die verletzten Wölfe versorgte.

Zwei von ihnen hatten nicht überlebt und einige waren schwer verletzt worden. Miro hatte glücklicherweise nur eine Verletzung an der Pfote und Selas war gänzlich unverletzt.

Brian selbst hatte ebenfalls nur ein paar kleinere Schrammen abbekommen.

Nachdem ich in seinen Armen landete und in seinen blauen Augen beinahe ertrunken wäre, trug er mich hierher und hielt mich lange Zeit einfach nur fest.

Er strich zärtlich über mein geschundenes Gesicht und in seinen Augen erkannte ich seinen eigenen Schmerz.

Er erzählte mir von seiner Suche und ahnte bereits, dass Jaru mich entführt hatte. Er entschuldigte sich bei mir, dass es solange gedauert hatte, mich zu finden und machte sich offenbar Vorwürfe deshalb.

Ich konnte kaum klar denken. Ich war zu erschöpft, alles tat weh und am liebsten wäre ich einfach nur in seinen Armen eingeschlafen.

Doch dafür war keine Zeit.

Nachdem ich endlich etwas trinken konnte und mich halbwegs gefasst hatte, berichtete ich ihm von Jarus Plan den König zu stürzen.

Ich sah das Entsetzen in seinen Augen und spürte seine Zerrissenheit.

Wenn er hier bei mir blieb, konnte er nicht gleichzeitig bei seiner Familie sein.

„Geh ruhig" flüsterte ich ihm entgegen.

„Nein Stella, ich bleibe. Du bedeutest mir alles. Ich weiß nicht, was ich getan hätte, wenn ich dich nicht rechtzeitig gefunden hätte. Ich will nie wieder ohne dich sein. Die Wölfe werden meinen Großvater warnen."

Seine Lippen legten sich sanft auf meine Stirn.

„Ich liebe dich, mo Chroi" hauchte er mir entgegen.

„Ich liebe dich auch"

Jaru

Dieses mal war sie zu weit gegangen! Jetzt hatte sie es übertrieben.

Sie hatte eine Wahl, doch sie hat sich falsch entschieden.

Meine Truppe war inzwischen beachtlich gewachsen.

Dreiundachtzig Krieger schlossen sich mir an und weitere siebzig warteten am Rand des Nationalparks auf uns.

Es würde Ethuriel und seine Anhänger teuer zu stehen bekommen, was sie meiner Familie angetan hatten.

Alles hat seinen Preis und sie mussten nun ihren bezahlen.

Brian

Ich konnte meinen Blick nur schwer von Stella abwenden.

Ihr zerschundenes Gesicht und ihre verquollenen Augen machten mich wütend und traurig zugleich.

Dafür würde Jaru noch bitter bezahlen. Doch zuerst musste ich mich um Stella kümmern.

Sie war wirklich erschöpft. Ihr Körper brauchte Ruhe, doch es viel ihr schwer, diesem Bedürfnis nachzugeben.

Sie sorgte sich um meine Familie, wollte mich sogar fortschicken, um sie zu warnen.

Doch ich konnte nicht. Sie war jetzt meine Familie.

Die Wölfe konnten meinen Großvater warnen und ich konnte dort bleiben, wo ich hingehörte.

Ich wollte sie nicht mit unnötigen Fragen bedrängen und überlies ihr, was sie mir erzählen wollte.

Dass sie gefesselt war, konnte ich deutlich erkennen.

Ihre Handgelenke und Fußknöchel wurden von wunden Striemen umschlossen.

Sie zitterte unter meinen Berührungen.

Irgendwann würde sie mir schon erzählen was dieser Mistkerl ihr angetan hatte.

Wichtig war, dass ich für sie da war. Und das würde ich nun immer sein.

Stella

Die Art wie Brian mich ansah, ließ keinen Zweifel daran, wieviel ich ihm bedeutete.

Ich hatte mir mal wieder unnötig Gedanken gemacht.

Zumindest was ihn betraf.

Er liebte mich wirklich. Obgleich diese Erkenntnis mich fröhlich stimmen sollte, war es mir unmöglich ihm zu zeigen, wie sehr ich mich darüber freute.

Körperliche Nähe machte mir momentan irgendwie Angst und gleichzeitig sorgte ich mich zu sehr um Ethuriel und Brida.

Am liebsten wäre ich sofort zu ihnen aufgebrochen, aber Brian ließ das nicht zu.

Er sagte, ich bräuchte Ruhe, wäre zu erschöpft.

Doch ich wollte nicht untätig rumliegen. Mein Geist war viel zu beschäftigt, um dem Bedürfnis nach Erholung nachzugeben.

Brian wirkte ebenfalls müde. Dunkle Ringe zierten seine blauen Augen.

Er gönnte sich keine Pause und war unermüdlich damit beschäftigt, sich um mich und die Wölfe zu kümmern.

Ganz sanft versorgte er meine Wunden und seine Berührungen wirkten wohl überlegt.

Er schien zu fühlen, was ich brauchte und was mir zu viel war.

Als die Abenddämmerung einsetzte, legte er sich zu mir und schlief innerhalb weniger Minuten ein.

Obgleich ich wusste, dass ich nun in Sicherheit war, konnte ich einfach nicht in den Schlaf finden.

Immer wenn ich meine Augen schloss, tauchten Bilder von Jaru auf.

Miro schien meine Unruhe zu spüren und stupste mich mit der Schnauze an.

„Ich mach mir nur Sorgen" erklärte ich ihm.

„Du solltest versuchen zu schlafen. Wir passen schon auf!"

„Das weiß ich ja. Aber es fällt mir schwer abzuschalten. Wie geht es dir und den anderen denn?"

„Uns geht es gut. Mach dir keine Gedanken."

„Miro, kann ich dich um einen Gefallen bitten?"

„Klar. Was kann ich tun?"

„Wäre es möglich, dass du zu Ethuriel läufst und ihn warnst?"

Miro blickte zu seinem Bruder, der eingerollt neben dem Feuer lag und schlief.

„Ich kann verstehen, wenn du Selas nicht alleine lassen möchtest. Ich kann einen anderen Wolf bitten."

„Nein, das musst du nicht. Ich werde gehen. Kannst du Selas Bescheid geben? Ich möchte ihn nicht wecken. Wenn er mitbekommt was ich vorhabe, wird er mich begleiten wollen."

„Das mach ich. Miro?"

„Ja?"

„Danke!"

Miro wandte sich ab und verschwand im Dunkel der Nacht.

Ich wälzte mich die restliche Nacht hin und her, ohne auch nur einen Hauch von Schlaf zu finden.

Ich war so müde und trotzdem gelang es mir einfach nicht, zur Ruhe zu kommen.

Als die Morgendämmerung endlich einsetzte, streckte ich meine steifen Glieder und setzte mich auf.

Ich fühlte mich beobachtet und drehte mich um.

„Guten Morgen" lächelte Brian mich an.

„Guten Morgen"

„Du hast nicht geschlafen, oder? Du siehst wirklich fertig aus."

„Danke für das schmeichelhafte Kompliment" versuchte ich zu scherzen.

Brian zog die Augenbraue hoch.

„Hunger?"

„Nicht wirklich."

Er setzte sich ebenfalls auf und schlang seine Arme von hinten um meinen Oberkörper.

Die Wärme, die er verströmte, war wohltuend. Ich fühlte mich geborgen und sicher, aber dennoch machte es mich irgendwie nervös und ich konnte so nicht verharren.

Ich löste mich vorsichtig aus seinem Griff und drehte mich zu ihm um.

„Wann wollen wir aufbrechen?" fragte ich ihn.

„Du gönnst dir wirklich keine Pause, oder?"

Ich schüttelte mit dem Kopf.

„Lass uns erstmal etwas essen und danach können wir uns auf den Weg machen."

Er wirkte gequält als er das sagte. Aber da er wusste, wie hartnäckig ich sein konnte, ließ er mir meinen Willen.

Der Gedanke daran, endlich etwas bewirken zu können, stimmte mich besser. Ich konnte es kaum abwarten, von hier weg zu kommen.

Ich sprang auf die Beine. Und zack, lag ich wieder.

Brian fing mich auf und schaute mich sorgenvoll an.

„Bist du sicher, dass du aufbrechen möchtest?"

Meine Ohren klingelten und die Wolken über mir drehten sich im Kreis.

„Ja." hauchte ich.

Brian half mir, mich hinzulegen und brachte mir anschließend etwas Wasser.

Er musterte mich, während ich trank.

„Stella. Sei doch nicht so unvernünftig. Muss ich dich zum Schlafen zwingen?"

Auf einmal erinnerte ich mich an etwas. Brian war im Krankenhaus. Er war es, der mir die Narkose gab. Das Ganze war gar kein Traum.

Ich ließ die Wasserflasche fallen und starrte ihn an.

„Was ist los?" fragte er.

„Im Krankenhaus … du warst da. Du warst der Arzt, der mir die Narkose gab."

Brian schien verwirrt, aber sein Blick verriet ihn. Ich hatte Recht.

„Wieso hast du mir davon nichts erzählt? Du hättest mir doch Bescheid geben können, dann hätten wir uns verabredet."

Ich merkte, wie sich meine Augen mit Tränen füllten. Ich fühlte mich hintergangen.

„Stella. Bitte nicht weinen. Ich wollte dir ja sagen, dass ich komme. Aber dann dachte ich mir, ich überrasche dich mit meinem Besuch. Ich konnte ja nicht ahnen, dass wir in der Klinik aufeinandertreffen würden. Es tut mir leid."

„Hilfst du mir hoch?"

Er blickte mich fragend an. Doch ich wollte das Thema jetzt nicht vertiefen. Ich war gekränkt.

Brian streckte mir eine Hand entgegen und zog mich anschließend hoch.

Mit wackeligen Beinen stand ich da und wurde von seinen Armen gehalten.

„Geht es?" fragte er.

„Es muss." gab ich zurück.

„Stella, ich liebe dich! Das wird sich niemals ändern. Das verspreche ich dir. Hätte ich geahnt, was Jaru dir antun würde, wäre ich eher gekommen."

„Ist gut. Ich glaube dir ja. Es ist nur alles schon wieder so durcheinander. Eben noch dachte ich, ich habe meine Mitte wiedergefunden und dann hat Jaru mich verschleppt und von dir hatte ich auch nichts gehört. Ich habe mir Sorgen gemacht."

Brian hob mein Kinn an und schaute mir in die Augen.

„Ich bin jetzt da. Vertrau mir, wir schaffen das."

Dann legte er seine Lippen auf meine und für einen kurzen Moment, hatte ich das Gefühl ganz zu sein.

Er hatte Recht.

Alles war gut, wenn wir nur zusammen waren.

Meine Beine fingen zu schlottern an, weshalb ich mir von Brian helfen ließ, mich wieder zurück auf die Decke zu setzen. Ich wartete darauf, dass er sich zu mir gesellte.

Wir teilten uns ein Stück Brot und einen Apfel.

Oje. Ich hatte Selas vergessen!

Ich suchte die Umgebung mit den Augen nach ihm ab.

Jedoch ohne Erfolg.

„Was ist los? Wonach suchst du?"

Brian blickte mich fragend an und schien nervös zu werden. Schließlich sprang er auf.

„Selas ist nirgends zu sehen. Ich habe letzte Nacht Miro losgeschickt, um deine Familie zu warnen. Selas hat noch geschlafen und ich sollte ihm doch Bescheid sagen." erklärte ich ihm hastig.

Brian blickte sich ebenfalls um, doch auch er konnte ihn nirgends entdecken.

„Es geht ihm bestimmt gut. Vermutlich ist er einfach der Fährte seines Bruders nachgetrottet."

„Bestimmt hast du recht. Aber ich muss es trotzdem sicher wissen."

Ohne eine Reaktion abzuwarten, schloss ich die Augen und konzentrierte mich auf den schlaksigen, übermütigen Wolf.

Da! Ich sah ihn mit der Nase am Boden.

Jetzt hob er den Kopf.

„Selas komm bitte zurück" schickte ich ihm in Gedanken.

„Nein! Er ist mein Bruder. Mein einziger Bruder."

Seine Stimme erklang eisern in meinem Kopf und ließ keinen weiteren Versuch zu, ihn umzustimmen.

Ich sah noch, wie er loslief und dann war das Bild verschwunden.

Es kostete mich eine Menge Kraft, den Kontakt mit ihm herzustellen. Ich sackte zusammen und fand mich in Brians Armen wieder.

„Er wird nicht zurückkommen." flüsterte ich ihm entgegen.

Brian strich mir eine Haarsträhne hinters Ohr.

„Es wird ihm nichts passieren" beschwichtigte er mich.

„Ich hoffe es." seufzte ich.

„Meinst du, du kannst reiten?" fragte er jetzt.

Ich nickte als Antwort und ließ mich von Brian aufs Pferd setzen.

Dieses Pferd kannte ich. Es gehörte Jaru. Es war ein schönes Tier – groß und schnell. Ich saß schon einmal mit Jaru auf dem Rücken des Hengstes und nun teilte ich diesen mit Brian.

Ich schauderte.

Brian rief die Wölfe zusammen und schon saß er hinter mir auf dem Pferd, nahm die Zügel in die Hand und trieb es an.

Brian

Wir ritten schnell. Der Hengst schien von dem doppelten Gewicht auf seinem Rücken jedoch nichts zu spüren. Er trug uns sicher durchs unwegsame Gelände.

Stella schmiegte sich an mich und war irgendwann endlich eingeschlafen.

Sie hatte diese Ruhe wirklich nötig. Wenn alles gut ging, waren wir in einem Tag Zuhause.

Hoffentlich blieb noch genug Zeit, um alle in Sicherheit zu bringen.

8

Stella

Ich musste ziemlich tief geschlafen haben. Ich lag neben einem wärmenden Feuer in Decken gehüllt auf dem Boden.

Ich konnte mich nicht daran erinnern, selbst vom Pferd gestiegen zu sein.

„Oh, du bist wach" Brians Stimme wirkte erleichtert.

„Scheint so."

„Du hast lange und fest geschlafen. Hast nicht mal gezuckt, als ich dir die Fäden gezogen habe."

Da es inzwischen wieder dunkel war, musste er wohl recht haben.

Ich fühlte mich dennoch nicht erholt. Aber er hatte recht behalten. Ich muss tief geschlafen haben. Die Fäden an meinem Bauch waren verschwunden. Er lief ums Feuer herum auf mich zu.

„Dr. Arcer hat gute Arbeit geleistet. Die Nähte sind schön. Hast du Hunger? Ist dir warm genug?"

„Alles gut. Mach dir keine Gedanken. Danke fürs Fäden ziehen. Die Dinger haben ganz schön gestört. Wo sind wir?"

„Nur noch ein paar Stunden, dann sind wir da." erklärte er mir, als er sich zu mir setzte.

„Die Wölfe und der Hengst brauchten eine Pause."

Die Anspannung wuchs wieder in mir. Jaru war bestimmt ebenfalls nicht mehr sehr weit entfernt.

Ich hoffte, dass uns noch genug Zeit blieb, um alle Sidhe in Sicherheit zu bringen.

Ich lehnte meinen Kopf an Brians Schulter und ließ mich von ihm wärmen.

Ich hatte diese Art der Nähe wirklich vermisst. Unter anderen Umständen hätte ich ihn wohl schon längst vernascht.

Mein Puls wurde schneller und an seiner stoßweisen Atmung konnte ich erkennen, dass auch er so empfand.

Sanft und bedacht schob er seine Hände unter mein Shirt.

Seine Fingerkuppen verursachten ein leichtes Kribbeln in meinem Bauch.

Jetzt knabberte er an meinem Ohrläppchen. Ich konnte nicht mehr widerstehen.

Ich drehte mich zu ihm um und presste meine Lippen auf seinen Mund, um ihn anschließend mit meiner Zunge zu erkunden.

Ich setzte mich auf seinen Schoß und wurde plötzlich sanft von ihm hinuntergeschoben.

Ich rang nach Luft.

„Nicht jetzt, mein Schatz. Spar deine Kräfte. Und nicht vor den ganzen Zuschauern." scherzte er.

Ich blickte mich um und musste lachen.

Alle Augenpaare der Wölfe waren auf uns gerichtet.

„Ok. Aber nur weil du es bist."

Ich gab ihm noch einen kleinen Kuss auf die Nase, bettete meinen Kopf an seiner Brust und ließ mich von ihm in den Schlaf summen.

Mit einem lauten Schrei und zitternd vor Angst, wachte ich auf.

Brian versuchte mich zu beruhigen, doch ich konnte es einfach nicht.

Wenn dieser Traum Wirklichkeit wurde, war alles umsonst.

Ich fing an zu schluchzen.

„Mo Chroi, so beruhige dich doch. Du hast nur geträumt. Schsch…"

Ich schüttelte heftig mit dem Kopf.

„Das war kein Traum" brachte ich mühsam hervor.

Nun verstand er und seine blauen Augen weiteten sich.

„Was hast du gesehen?"

„Nicht. Bitte, ich kann das jetzt nicht."

Brian schlang seine Arme um mich und wiegte mich sanft.

Als ich mich einigermaßen im Griff hatte, löste ich mich aus seiner Umarmung und begann zu erzählen:

„Ich habe Jaru gesehen. Er und seine Männer … Sie haben … Sie haben alle umgebracht. Deine Mutter … Ethuriel … Alle tot. Dich hat er sich aufgehoben bis zum Schluss."

Erneut fing ich zu weinen an und wieder nahm er mich in die Arme. Er drückte mich fest an sich.

„Das wird nicht geschehen! Hörst du? Wir werden es verhindern"

„Du weißt nicht, wozu er fähig ist. Er ist ein Sadist und ein Monster! Er hat mich betäubt und und …" meine

Stimme brach als sich meine Augen mit Tränen füllten. Ich konnte nicht weitererzählen.

Sanft hielt er mich fest und strich mir beruhigend über den Kopf.

„Ich weiß nicht, was er dir alles angetan hat, aber wenn du soweit bist, möchte ich, dass du mir alles, und zwar wirklich alles erzählst, damit ich ihn dafür angemessen strafen kann. Ok?"

„Ist gut"

„Du bist nun nicht mehr alleine. Er wird nicht mehr nahe genug an dich rankommen, um dir auch nur ein Haar zu krümmen, dafür sorge ich."

Nach einer Weile des Schweigens schob er mich schließlich von sich.

„Komm. Wir sollten jetzt weiter!"

Brian half mir auf die Beine, drückte mir einen Kuss auf die Wange und schob mich auf den Hengst.

Wir ritten so schnell, dass ich mich festklammern musste, um nicht hinunterzufallen.

Wieviel Zeit blieb uns wohl noch? Ob Jaru schon in der Nähe war?

Endlich erkannte ich die Umgebung wieder.

Jetzt waren wir bald da. Jedoch wurde ich immer aufgeregter, je näher wir uns an unserem Ziel befanden. Es war kaum auszuhalten.

Der Wind peitschte mir immer wieder die Haare ins Gesicht während Brian ritt, als ob der Teufel uns im Nacken sitzen würde.

Da, jetzt konnte ich die Treppe erkennen, die sich an der alten Eiche nach oben zu Ethuriels Heim schlängelte.

Brian ritt auf das große Tor des Pferdestalls zu, welches sogleich von zwei Wachposten für uns geöffnet wurde.

Brian sprang vom schnaubenden Hengst und zog mich anschließend hinunter, um meine Hand zu packen und mich hinter sich herzuziehen.

„Stopp!" brüllte ich ihn beinahe an.

„Bitte hetz nicht so. Ja, wir müssen uns beeilen, aber übertreib es doch nicht so."

Mit großen Augen starrte er mich an, bevor er sprach.

„Du hast ja recht. Tut mir leid."

Dann hauchte er mir einen Kuss auf die Wange und passte sich meinem Tempo an.

Allerdings glich meine Gehgeschwindigkeit eher dem Tempo einer Schnecke.

Meine Beine waren wie Pudding, während mein Herz bis zum Hals hämmerte.

Doch Brian blieb, zumindest äußerlich, geduldig.

Wir kamen gerade in der großen Halle an, als ich unsere Namen hörte.

„Stella! Brian!"

Eine aufgeregte Brida stürmte uns entgegen und nahm erst Brian kurz in den Arm, bevor sie mich umklammerte.

Sie betrachtete mich anschließend bevor sie weitersprach.

„Furchtbar siehst du aus Kind. Was hat Jaru dir angetan? Wo ist er jetzt? Geht's dir gut?"

Ich nickte als Antwort und war froh, dass Brian das Wort übernahm.

„Alles gut Mom, aber wir müssen mit Großvater sprechen. Ist er hier irgendwo?"

„Was ist los?"

„Jaru will den König stürzen" schaltete ich mich jetzt ein.

Ein Schauer lief mir über den Rücken.

Brian legte sogleich den Arm um mich.

Nachdem Brida den ersten Schrecken verdaut hatte, erzählte sie uns, dass Ethuriel in die Kapelle gehen wollte und begleitete uns dorthin.

Brian

Mein Großvater saß in der kleinen Kapelle vor dem mit Kerzen überfüllten Altar und schien unsere Anwesenheit nicht zu bemerken.

„Großvater?"

Jetzt drehte er den Kopf.

„Brian, Stella. Schön, euch beide wohlauf zu sehen."

Mein Großvater stand auf und kam direkt auf uns zu, um uns in den Arm zu nehmen.

„Ihr seid doch wohlauf?"

Sein Blick war auf Stella gerichtet.

„Alles ok, eure Hoheit. Aber wir müssen dringend etwas besprechen." antwortete sie ihm.

„Ich habe mir so etwas schon gedacht Kinder. Kommt, setzt euch. Ich muss euch zuerst etwas erzählen."

„Aber Großvater, du weißt doch nichts von Jarus Vorhaben. Oder doch? Aber wie ist das …"

Mit einer Handbewegung unterbrach er mich mitten in meinem Satz und ich verstand plötzlich, dass er tatsächlich zu wissen schien, was Jaru vorhatte.

„Die Geister haben mir von ihm berichtet. Schon lange sinnt er auf Vergeltung für etwas, wofür keiner von uns die Schuld trägt. Du, Stella, gabst ihm den Anstoß, weil du ihn abgelehnt hast. Aber eigentlich geht es gar nicht um dich. Es geht ihm auch nicht um Brian, obgleich er ihn ziemlich hassen dürfte. Brian hat alles was er gerne hätte. Dich eingeschlossen Stella. Doch in Wirklichkeit möchte er den Thron. Er ist der Ansicht, dass er der wahre König sei und nun ist die Zeit gekommen, dass er versuchen wird, meinen Platz einzunehmen."

Ich wusste nicht, was ich darauf erwidern sollte und starrte meinen Großvater ungläubig an.

Wieso hatte er nicht schon früher etwas erzählt, wenn er doch ahnte, dass Jaru vorhatte ihn zu stürzen.

„Brian," richtete er sein Wort nun an mich. „Ich weiß, du bist vermutlich etwas verwirrt. Es gibt viele Dinge, von denen du noch nichts weißt. Ich werde dir alles der Reihe nach erklären. Doch zuerst solltet ihr zwei euch waschen und saubere Kleider anziehen. Stellas Verletzungen müssen ebenfalls versorgt werden. Wir werden nach dem Essen weitersprechen. Bis dahin werde ich mit meinen Kriegern unser weiteres Vorgehen erörtern."

Er legte mir eine Hand auf die Schulter während er sprach und stand nun auf, um die Kapelle zu verlassen.

Ich blickte zu Stella, die ebenso verwundert schien, wie ich es war und anschließend suchte ich den Raum nach meiner Mutter ab, die aber nirgends zu entdecken war.

Ob sie wusste, was hier vor sich ging?

„Komm Stella, gehen wir uns frisch machen." forderte ich sie auf, bevor ich sie von der Bank zog.

Sie wirkte immer noch sehr mitgenommen und war sichtlich übermüdet. Wie lange sie wohl noch durchhielt?

Irgendwann würde sie die Müdigkeit einfach davontragen.

Ich schlang meinen Arm um ihre Taille und schlenderte mit ihr zu den Gemächern, um frische Kleidung zu holen.

Sie war in Gedanken weit weg.

Plötzlich kam Leben in ihr Gesicht.

„Brian! Wir haben Miro und Selas vergessen! Vielleicht ist ihnen etwas zugestoßen."

Ihre Stimme zitterte vor Aufregung.

„Bestimmt geht es den Beiden gut. Lass uns jetzt erstmal richtig ankommen und später werden wir meine Familie fragen, ob sie etwas über die beiden wissen. Ok?"

„Ja, ok."

Ich merkte ihr ihren Frust an, doch offensichtlich war sie zu müde, um mit mir darüber zu diskutieren, wie sie es sonst getan hätte.

9

Die warme Dusche weckte unsere Lebensgeister.

Ich half zuerst Stella aus ihren Kleidern und konnte meinen Blick nicht von ihrem perfekten Körper abwenden.

Ihr Haar viel ihr locker über die Schultern und verbarg ihre Brüste nur knapp.

Sie versuchte, ihren Intimbereich mit den Händen zu bedecken und schien offensichtlich verlegen zu sein.

Ich wandte meinen Blick mühsam von ihrer Silhouette ab und schaute in ihre müden Augen, während ich näher auf sie zu ging. Jetzt stand ich direkt vor ihr und sog den Duft ihrer Haut ein, der mich umfing und mein Herz zum Hämmern brachte.

Sanft nahm ich ihr Gesicht in meine Hände und presste meine Lippen auf ihren weichen Mund.

Sie erwiderte meinen Kuss und presste ihren Körper an mich. Mit zittrigen Fingern öffnete sie erst mein Hemd, glitt mit ihren Fingerkuppen meine Brust entlang, um anschließend ihre Hände in meinen Rücken zu krallen. Ich zog sie mit mir, drückte sie gegen die Wand unter der Dusche. Stella schlang ihre Beine um meine Hüfte und stöhnte auf. Wild und gierig wurden wir eins unter dem warmen Nass.

Die Glücksgefühle durchströmten uns und ließen uns Jaru für einen Moment komplett vergessen.

Wir waren eins. Das war etwas, was sich niemals mehr ändern durfte.

Ich strich Stella die nassen Haare aus dem Gesicht und griff nach einem großen Handtuch, um sie darin einzuwickeln.

„Ich liebe dich!" flüsterte ich ihr zu.

„Und ich liebe Dich!" hauchte sie mir entgegen, bevor sie mich erneut küsste.

Ich zog sie an mich und hätte sie am liebsten nie wieder losgelassen. Doch wir mussten uns wohl oder übel anziehen, da wir noch einen Krieg verhindern mussten.

Stella schien das gleiche zu denken und lächelte mich an, als sie nun mir das Handtuch entgegenhielt.

Stella

Wir trafen uns mit Ethuriel und Brida dieses Mal alleine zum Essen.

Im Trainingssaal war eine kleine Tafel extra für uns aufgebaut worden, die überfüllt mit Köstlichkeiten, nur darauf wartete, geleert zu werden.

Vor dem Saal waren zwei Wachen postiert.

Natürlich deshalb, weil es erstmal geheim bleiben sollte, was da auf uns zu kam.

Naja, eigentlich sollte es wohl heißen: Wer da kam.

Es war kein entspanntes Essen geworden. Ich hatte Angst um die Sidhe und versuchte, Ethuriel zur Flucht zu bewegen.

Doch der König war ein stolzer Mann. Er dachte nicht daran, kampflos aufzugeben.

Offenbar hatte er eine Abwehrstrategie bereits mit seinen engsten Vertrauten besprochen und ließ sich nicht von seinem Vorhaben abbringen, Jaru die Stirn zu bieten.

Das Makabre an dem Geschehen war, dass ich irgendwann sogar Mitleid für Jaru empfand.

Ethuriel erzählte uns einiges aus seiner Familiengeschichte und darin kam auch Jaru vor.

Jaru war der Sohn seines älteren Bruders und somit tatsächlich der eigentliche Thronfolger.

Doch die Reihenfolge änderte sich, als Ethuriels Bruder Argus damals den Thron ablehnte. Er entschied sich bewusst dagegen, um eine Sidhe im hohen Norden zu heiraten.

Da Diese jedoch von gewöhnlicher Herkunft war, gab es für ihn nur diesen Weg.

Nach einiger Zeit vermisste Argus das königliche Leben und kehrte als oberster Befehlshaber und rechte Hand Ethuriels unter anderem Namen an den Hof zurück.

Als er fiel, bat er Ethuriel, sich um seinen Sohn Jaru, der von seinen königlichen Wurzeln nichts wusste, zu kümmern. Jedoch musste Jaru in den Jahren am Hof einiges darüber erfahren haben und nun machte er sicherlich Ethuriel für sein Schicksal verantwortlich.

Er tat mir irgendwie leid, andererseits war mein Leben auch nicht wirklich perfekt verlaufen und ich hatte nicht solche Taten begangen. Vermutlich machte ich mir einfach mal wieder zu viele Gedanken.

Brida lächelte mir aufmunternd zu und schob mir einen Topf mit lecker duftendem Inhalt entgegen.

Ich schöpfte mir einen großen Löffel voll und hörte Brian und Ethuriel weiter zu, wie sie sich nun über die nordischen Sidhe unterhielten.

Ich war so damit beschäftigt, das Gespräch zu verfolgen, dass mir beinahe nicht aufgefallen war, dass niemand außer mir von diesem fleischigen Eintopf aß.

Doch es war zu spät. Diese Mistviehcher!

Ich hörte das Blut in meinen Adern rauschen und blickte hilfesuchend zu Brian, der mich fragend betrachtete.

„Oh nein! Was habt ihr beiden ihr ins Essen getan?!"

Er schien von nichts zu wissen, schlang mir seinen Arm um die Taille und zack war ich weggetreten.

Als ich aufwachte, befand ich mich in meinem gewohnten Zimmer, mit Brian zusammen im Bett.

Ich fühlte mich fit und gestärkt, ähnlich wie damals nach Gwens ominösem Eintopf.

Ich hätte es wissen müssen!

Sie meinten es sicherlich nur gut, doch sie nahmen mir damit meine Eigenständigkeit weg und ich mochte es ganz und gar nicht, wenn ich meine Entscheidungen nicht selbst treffen durfte.

Ich schlich mich leise und vorsichtig aus dem Bett und tastete in der Dunkelheit nach meinen Schuhen.

Als ich sie endlich fand, hörte ich Brian laut seufzen.

Erschrocken fuhr ich rum und sah ihn schemenhaft im Bett sitzen.

„Stella, Schatz. Was hast du jetzt schon wieder vor? Komm ins Bett zurück, ja?"

Anschließend folgte ein ausgedehntes Gähnen.

„Schlaf ruhig weiter. Ich will nur kurz was nachsehen. Bin gleich wieder da."

„Was nachsehen, soso. Warte, ich steh auf."

Ehe ich etwas erwidern konnte, war er schon aus dem Bett gestiegen und ebenfalls dabei, seine Schuhe anzuziehen.

„Wie fühlst du dich?" fragte er.

„Besser. Aber etwas sauer bin ich schon. Sie hätten mir überlassen können, wann ich schlafen will!"

„Sie haben es gut gemeint. Aber wenn es dich beruhigt, ich habe ihnen bereits gesagt, dass es nicht in Ordnung ist, dich gegen deinen Willen ruhig zu stellen."

Das machte mich jetzt neugierig.

„Was haben die beiden dazu gesagt?"

„Dass sie sich bei dir entschuldigen werden, aber du es sicherlich verstehen wirst."

„Aha. Na dann. Ich kann es verstehen, das stimmt. Aber gut finde ich es trotzdem nicht."

„Sie sorgen sich nur um dich."

Ich zog eine Augenbraue hoch, was er nicht bemerkt haben dürfte, da nur ein Hauch von Mondlicht durch das Fenster fiel.

„Ich sorge mich auch um dich. Du hast so einen gewissen Hang zu vorschnellen Entscheidungen und ein ausgesprochenes Talent dafür, dich in Gefahr zu bringen."

Wie gut er mich bereits kannte. Ich drückte ihm einen Kuss auf die Wange und zog ihn mit mir aus dem Zimmer.

„Wo willst du denn überhaupt hin?" flüsterte er.

„Ich muss wissen, ob es Miro und Selas gut geht" antwortete ich leise.

„Aber das kannst du doch auch anders, dachte ich"

„Ja schon. Aber Selas hatte mich bei meinem letzten Kontaktversuch quasi abgewiesen und zu Miro bekomme ich komischerweise keine Verbindung."

„Naré!" stieß Brian hervor, als wir den Pferdestall betraten und sogleich wurde der große Raum vom Feuer der Fackeln erhellt.

Ich war schon ziemlich beeindruckt.

„Hast du heimlich trainiert" feixte ich und stieß ihn in die Seite.

„Ich hatte genügend Zeit, als du weg warst."

Er sprach mit einem Unterton, den ich ihm nicht verübeln konnte. Ich wollte ihm gerne sagen, wie leid es mir tat, aber ich konnte nicht. Nicht jetzt zumindest. Später würde ich ihm erklären, warum ich mich nicht richtig verabschiedet hatte.

Ich griff nach seiner Hand und schaute ihm entschuldigend in die Augen, was er mit einem sanften Lächeln kommentierte.

„Schon gut, mo Chroi, ich habe dir längst verziehen."

Wir sattelten den Hengst, der einst Jaru gehörte. Brian half mir auf das prachtvolle Tier und schwang sich hinter mich.

10

Brian

Stella wirkte hochkonzentriert als wir ritten. Immer wieder musste ich anhalten oder die Richtung ändern.

Offenbar war sie in der Lage, die Wölfe zu fühlen. Sie hatte ihre Fähigkeiten inzwischen gut im Griff.

Sie war reifer geworden und obwohl sie immer noch meine Stella war, war sie doch irgendwie mehr als das.

Erneut forderte sie mich auf, stehen zu bleiben und schloss ihre Augen. Sie drehte den Kopf leicht nach rechts, so dass ihr der Wind eine Haarsträhne ins Gesicht blies.

Mein Herz stolperte. Sie war perfekt! Genau jetzt war sie das Schönste, was ich je erblickt hatte. Ich wickelte die Strähne erst um meine Finger, bevor ich sie zurück hinter ihr Ohr steckte.

Stella öffnete die Augen.

„Weißt du eigentlich, wie schön du bist?" fragte ich.

„Ok. Jetzt bekomm ich Angst."

Sie runzelte die Stirn.

„Nein. Mach mir den Moment nicht kaputt. Ich meine es Ernst. Du bist wunderschön und ich liebe dich von ganzem Herzen."

Ein sanftes Leuchten trat in ihre Augen, bevor sie ihre weichen Lippen auf meine legte.

„Ich liebe dich auch."

Erneut ritten wir eine Weile, bis Stella laut Stopp schrie.

Kaum hatte ich das Pferd zum Stehen gebracht, war sie auch schon hinuntergesprungen und losgerannt.

Ich ließ die Zügel einfach hängen und machte mich auf, ihr zu folgen.

Als ich sie endlich einholte, blieb sie erst wie angewurzelt stehen, um dann direkt zu einer Gruppe Haselsträucher zu rennen.

Dort fiel sie auf die Knie und fing zu weinen an.

Vor ihr lag Miro in seiner menschlichen Gestalt, die Kehle aufgeschnitten und die Augen weit aufgerissen.

Ich legte Stella eine Hand auf die Schulter, während ich mit der anderen Hand Miros Augen schloss.

„Es ist meine Schuld" schluchzte sie.

„Nein! Er hätte nicht gehen müssen. Er hat seine Wahl selbst getroffen und er ist tapfer gestorben, um sein Volk zu beschützen."

Ich nahm Stella in die Arme und versuchte, nicht allzu oft in Miros Richtung zu blicken.

Es tat mir leid für ihn. Es tat mir leid für seinen Bruder und auch für Stella, die schon wieder einen Verlust hinnehmen musste.

„Lass ihn uns angemessen beerdigen. Wir nehmen ihn mit. Mein Großvater wird ihm eine ehrenvolle Zeremonie zu teil werden lassen"

Stella nickte und ging ein paar Meter zur Seite, während ich Miro mein Shirt um den Hals band.

Als ich ihn hochhievte, saß Stella im Gras und starrte ins Leere.

Ich trug ihn zum Hengst und legte seinen leblosen Körper auf das Tier. Dann lief ich zurück, um Stella zu holen.

Doch sie war nicht da.

Ich blickte mich um, aber ich konnte sie nicht entdecken.

„Stella? Stella!"

Ich lauschte, doch ich bekam keine Antwort.

Dann hörte ich sie plötzlich schreien.

Ich lief so schnell ich konnte, in die Richtung, aus der ihr Ruf zu kommen schien und erkannte bald Stella, die mit Selas in Wolfsgestalt rang.

Er hatte ihren Arm gepackt und sie zu Boden gerissen.

„Lass los!" brüllte ich, während ich weiter auf sie zu rannte.

Selas knurrte und tobte, während Stella sich mit Händen und Füßen zur Wehr setzte.

Endlich war ich angekommen. Ich trat auf Selas ein und versuchte, ihn von Stella wegzuzerren.

Ihr Gesicht war schmerzverzerrt und tränennass.

Ich hatte keine Chance. Er war so in Rage, dass ich absolut nichts ausrichten konnte.

Zumindest nicht in dieser Gestalt.

Ich blickte Stella in die Augen, bevor mein Körper zu zittern begann.

Sie schüttelte mit dem Kopf. Doch es war bereits geschehen.

Ich setzte zum Sprung an und bohrte meine Fangzähne in Selas Hals.

Ich war wie im Wahn. Ich packte ihn an der Kehle, bis er sich nicht mehr rührte.

Dann ließ ich von ihm ab, schüttelte mein Fell und trottete zu Stella.

Sie hielt sich den Arm und blickte mich mit verquollenen Augen an.

Ich winselte, schleckte ihr übers Gesicht und versuchte, mit meinem Verlangen nach Wildheit fertigzuwerden.

Ein Beben durchfuhr erneut meinen Körper und ich war wieder Herr über meine menschliche Gestalt.

Unverzüglich nahm ich Stella in die Arme, die bitterlich zu weinen begann.

„Schschsch…ich bin noch da. Alles wird gut."

Ich hatte sie an damals erinnert. Ich konnte es in ihren Augen sehen.

Ich nahm ihr T-Shirt und riss einen breiten Streifen davon ab, um ihren Arm damit abzubinden.

„Se … las" stammelte sie.

Ich schüttelte mit dem Kopf.

„Wir werden ihn später holen. Miro muss ebenfalls hierbleiben. Du musst schnell zurück."

Ich rannte zum Hengst, schnappte mir die Zügel und hetzte zurück zu Stella.

Miros Körper legte ich neben den seines Bruders.

Anschließend holte ich Stella.

Sie hatte viel Blut verloren und einen Schock.

Ihr Arm war von Selas regelrecht zerfetzt worden.

Sie wirkte apathisch, wollte aber selbst aufstehen.

Also half ich ihr hoch, um sie anschließend aufzufangen, da sie ohnmächtig geworden war.

Ich hievte sie auf den Hengst, setzte mich dahinter und gab dem Pferd die Sporen.

Die ganze Zeit über redete ich mit Stella und versuchte sie aufzuwecken, doch es gelang mir nicht. Sie durfte nicht schlafen.

Ich hatte wirklich Angst um sie.

Als wir endlich unser Ziel erreichten, stand die Sonne bereits beinahe im Zenit.

Eine Wache hatte mir den Hengst abgenommen und eine andere holte Hilfe.

Ich trug Stella in ihr Bett und fühlte ihren Puls.

Er war sehr schwach. Ihre Lippen hatten sich blau verfärbt und ihre Haut war eiskalt.

Meine Mutter und mein Großvater stürmten herein und halfen mir dabei, Stella zusammenzuflicken.

Eine lange hässliche Naht zierte nun ihren Arm vom Handgelenk bis zur Ellbeuge.

Meine Mutter flößte ihr anschließend einen Sud ein, während ich ihr Injektionen mit Antibiotika, Tetanol und Tetagam gab.

Viel mehr konnte ich hier nicht ausrichten.

Ich hatte noch ein paar Flaschen diverser Infusionen hier, aber keine Blutkonserven.

Ich legte ihr eine Kanüle und schloss sie an den Tropf an.

Ich war fix und fertig.

Ich ließ mich aufs Fußende fallen und vergrub mein Gesicht in den Händen.

Meine Mutter setzte sich zu mir.

„Sie schafft es schon. Sie ist stark! Was ist denn eigentlich genau passiert?"

Ich blickte auf und bemerkte den ernsten Blick meines Großvaters, der auf mir ruhte.

So genau wie möglich, erklärte ich ihnen, was vorgefallen war. Meiner Mutter stand das Entsetzen ins Gesicht geschrieben.

Mein Großvater nickte nur zwischendurch und ließ keine Gefühlsregung zu.

„Ich werde dafür sorgen, dass die Zwei in die Kapelle gebracht und hergerichtet werden" sagte er, während er den Raum verließ.

Bevor er die Türe schloss, konnte ich erkennen, wie er einen letzten, sorgenvollen Blick auf Stella richtete.

Meine Mutter tätschelte mir den Rücken und bestärkte mich darin, richtig gehandelt zu haben.

Ich hatte einen Sidhe getötet. Einst war er ein Freund.

Damit musste ich von nun an leben.

„Mach dir keine Vorwürfe Schatz. Und jetzt solltest du zusehen, dass du dich wäschst. Ich werde solange bei ihr bleiben."

Ich blickte zu Stellas geschundenem Arm.

„Geh schon! Ich passe gut auf sie auf. Stella wird dich brauchen, wenn sie zu sich kommt."

„Danke"

Ich stand auf und ging duschen.

Die Emotionen prasselten unter dem heißen Wasser auf mich nieder und ich ließ es zu.

Ich schlug gegen die Wand, bis meine Handknöchel blutig waren.

Dann wickelte ich meine Hände in Tücher, zog mich an und ging zurück zu meiner Liebsten.

Stella

Ich wachte durch ein hässliches Pochen in meinem Arm auf.

Mehrfach hörte ich meinen Namen. Erst undeutlich und wie aus weiter Ferne, dann immer klarer.

Es war Brians Stimme. Sanft und sorgenvoll sprach er mit mir.

„Stella, mo Chroi. Ich bin hier. Hörst du mich? Stella? Mach doch bitte deine Augen auf."

Ich fühlte seine Finger in meinen verschränkt und drückte sachte zu, während ich mich bemühte, meine Augen zu öffnen.

„Stella! Schatz, endlich. Es tut mir so leid."

Seine Lippen ruhten für einen Moment auf meiner Stirn.

Das erste, was ich sah, waren seine meeresblauen Augen, die glitzerten, als sich unsere Blicke trafen.

Ich lächelte ihm gequält zu und suchte in meinen Gedanken nach den letzten Erinnerungen.

„Nicht jetzt, Stella. Bitte nicht jetzt. Ich habe seit Stunden darauf gewartet, dass du endlich aufwachst. Geh jetzt nicht wieder fort."

Er hatte so Recht. In Gedanken war ich schon weit weg. Ich war bei Miro und kniete neben ihm, als ich Selas hinter mir knurren hörte.

Dann setzte er zum Sprung an.

„Stella?"

Ich schüttelte mit dem Kopf, um die Bilder wieder loszuwerden und konzentrierte mich auf Brians Gesicht.

„Ich bin hier" flüsterte ich ihm entgegen.

„Du hast mir einen riesen Schrecken eingejagt, weißt du das?"

Noch eine Erinnerung kämpfte sich an die Oberfläche: Socke!

Ich fühlte, wie meine Augen sich mit Tränen füllten und versuchte, den Kloß im Hals herunterzuschlucken.

Brian legte mir seine Hand an die Wange und blickte mich lange an.

Ich wusste nicht, wie er das machte, aber er schien instinktiv zu wissen, warum ich mich gerade so mies fühlte.

„Ich bin hier und ich schwöre dir, ich werde immer bei dir sein – als ich, nicht als Wolf"

Anschließend nahm er mich in die Arme und ich ließ mich von ihm trösten.

„Hast du Schmerzen?" fragte er mich später.

„Es geht schon" antwortete ich und betrachtete meinen dick eingepackten Arm.

„Du hast Schmerzen!" sagte er mit einem Tonfall, der keinen Widerspruch duldete.

Ich hatte wirklich Schmerzen. Ekelige pochende Schmerzen.

Doch ich wollte nicht schon wieder nutzlos herumliegen müssen. Ich hatte noch einiges zu tun und sicherlich schon viel zu viel Zeit verloren.

Ehe ich protestieren konnte, hatte Brian schon den Kolben einer Spritze hinuntergedrückt, die er in die Kanüle gab.

„Schlaf noch etwas. Ich bleibe solange hier."

Ich spürte die Wirkung bereits und kämpfte nicht weiter gegen das angenehme Gefühl des davongetragen Werdens an.

11

Sonnenstrahlen schienen durch das Fenster, als ich wieder zu mir kam.

Das Pochen in meinem Arm hatte nachgelassen und Brian hantierte gerade an meinem Tropf.

„Guten Morgen, mein Lieblingsdoktor" sprach ich ihn an.

„Guten Morgen, mein Schatz" strahlte er zurück.

„Geht's besser?"

Ich nickte.

Er drückte mir einen Kuss auf den Mund.

„Die Lösung im Tropf ist beinahe durchgelaufen. Ich denke, du kannst nachher schon kurzzeitig das Bett verlassen. Aber versprich mir, dass du dich noch schonst. Du hast viel Blut verloren."

Ich schenkte ihm mein schönstes Lächeln bevor ich antwortete.

„In Ordnung. Aber nur, wenn du mir versprichst, dass du mir erzählst, was ich verpasst hab."

„Das kann ich wohl kaum ablehnen. Aber zuerst hol ich dir etwas zu essen. Ich beeile mich."

Schon war er zu Tür rausgeeilt.

Ich hatte wahnsinniges Glück, ihm zu begegnen. Das wurde mir immer mehr bewusst. Er war mein Deckel. Er war mein Licht in der Dunkelheit, mein Wasser in der Wüste, mein Retter in der Not, mein Seelenverwandter, mein Held.

Wir waren eins. Wir gehörten einfach zusammen. Wenn mich irgendjemand auf dieser Welt wirklich zu hundert Prozent verstand, dann war er es.

Ich sollte ihm, solange ich noch Zeit dafür hatte, sagen, wie wichtig er für mich war und immer sein würde.

Ich sah die Dinge plötzlich so klar, dass ich mich fragte, ob nicht alles was Geschehen war, passieren musste, um an diesen Punkt zu gelangen.

Mit einem großen Holztablett voller Speisen in der Hand, kehrte Brian zurück und setzte sich zu mir aufs Bett.

„Was ist?" fragte er mich, als ich von den Köstlichkeiten zu ihm aufblickte.

„Nichts. Ich bin einfach nur froh, hier bei dir zu sein. Danke!"

Ich schob mir eine Erdbeere in den Mund.

„Oh, mo Chroi. Wie froh ich darüber bin, dass kannst du dir gar nicht ausmalen."

Er schenkte mir ein strahlendes Lächeln.

„Ich war nicht fair zu dir. Das tut mir leid. Ich wollte nicht einfach so abhauen, aber ich konnte nicht anders. Ich hab dich wirklich sehr vermisst und ich will, dass du weißt, wie sehr ich dich liebe."

„Wie sehr liebst du mich denn?" fragte er mit einem verführerischen Unterton in seiner Stimme.

„Mmh. Lass mich nachdenken … Vielleicht so sehr, wie die Wüste den Regen? Oder der Mond die Sonne?"

Brians Augen funkelten.

„Ich liebe dich über alles, mo Chroi. Du bist das Wichtigste überhaupt für mich und ich möchte mich gerne für ewig an dich binden."

Auf einmal rutschte er vom Bett, ging auf die Knie und schloss meine Hand in seine Hände.

Ich bekam einen Kloß in den Hals.

„Stella Bleher, du bist die einzige Frau für mich. Keine Andere werde ich jemals so sehr begehren. Keine Andere werde ich jemals so lieben. Ich will dich beschützen, dir Trost spenden, dich umsorgen. Ich will der Vater deiner Kinder und dir ein guter Freund sein. Deshalb frag ich dich jetzt und hier: Willst du mich heiraten?"

Freudentränen traten aus meinen Augen. Ich war so überwältigt, dass ich keinen Ton herausbrachte. Stattdessen fiel ich ihm um den Hals.

„Das heißt jetzt hoffentlich, JA, ich will."

Ich schob ihn ein Stück von mir weg, strahlte ihn nickend an und presste meine Lippen auf seinen vollen Mund.

Ich war so glücklich in diesem Moment, dass ich völlig vergaß, welches Unheil uns drohte.

Jaru rückte erst wieder in mein Bewusstsein, als die Türe aufging und Ethuriel in einer Art Rüstung im Zimmer stand.

Erschrocken löste ich mich von meinem Verlobten und starrte Ethuriel an.

„Was ist los?" fragte ihn Brian.

„Zieh dich um! Sie werden bald hier sein."

Dann machte Ethuriel kehrt und verschwand so schnell, wie er gekommen war.

Unser schöner Moment war dahin. Die Realität hatte mich wieder und eine Traurigkeit fing mich ein.

„Mach dir keine Sorgen, mein Schatz. Alles wird gut. Mein Großvater hat alles gut durchdacht. Uns wird nichts geschehen."

„Das denke ich nicht. Ich habe es gesehen."

„Du siehst viel, Stella. Aber du siehst nicht alles."

Da hatte er wohl Recht. Sonst hätte ich wohl wissen können, dass Selas mir auflauerte und Miro nicht überlebte. Der arme Miro. Aber halt, ich hatte auch Socke übersehen.

„Du hast Recht. Und jetzt fällt mir auch wieder etwas ein. Wie hast du das gemacht? Also zum Wolf zu werden und wieder zu dir selbst zurückzufinden?"

„Ehrlicherweise bin ich mir da nicht sicher. Ich wusste, dass ich keine Chance hatte, Selas in Menschengestalt zu besiegen und dachte daran, wie ich als Wolf mit ihm kämpfen würde. Plötzlich fühlte ich dieses Verlangen und ein Beben durchfuhr meinen Körper. Aber es war schwierig nach dem Kampf mit Selas, zu meiner normalen Gestalt zurückzufinden, da diese Wildheit in mir brodelte. Irgendwie habe ich es doch geschafft. Ich habe dich angesehen und gewusst, ich durfte dir das nicht noch einmal antun."

Seine Worte berührten mich.

„Ich hab hier noch etwas für dich."

Er sprang auf die Beine und zog etwas aus seiner rechten Hosentasche.

„Mach die Augen zu!" befahl er.

Ich gehorchte.

Nun nahm er meine linke Hand und schob offenbar einen Ring an meinen Finger.

„Jetzt darfst du schauen"

Erwartungsvoll musterte er mein Gesicht, während ich meine Hand anblickte, die nun von einem Schmuckstück geziert wurde.

Es war ein sehr schöner silberner Ring, irgendwie anders. Er war leicht geschwungen in seiner Form und mittig saß ein schöner strahlender Smaragd, der von Schnörkeln gehalten wurde. Ich drehte meine Hand in verschiedene Richtungen, um ihn so von allen Seiten betrachten zu können.

„Er ist wunderschön. Danke!" brachte ich heraus.

„Er gehörte meiner Mutter. Einst bekam sie ihn von meinem Vater."

Wäre Jaru nicht, wäre ich wohl der glücklichste Mensch gewesen. So blieb keine Zeit, um diesen schönen Moment zu genießen. Trotzdem würde ich diesen Tag niemals vergessen.

„Können wir nicht einfach hierbleiben?" fragte ich ihn dennoch.

„Wie gerne würde ich das. Mit dir zusammen auf ewig. Aber wir haben ja alle Zeit der Welt. Nicht wahr?"

Wie gerne hätte ich das bejaht, doch in meine Gedanken schlich sich ein Bild meiner Vision, das Bild von Blut und Tod.

Ich nickte und streckte ihm meine andere Hand entgegen, um mir die Kanüle entfernen zu lassen.

Brian

Stella war nun offiziell meine Verlobte.

Ich konnte es kaum fassen, wie sehr mich ihre Zustimmung beflügelt hatte. Ich war überglücklich.

Meine Mutter hatte den Ring an Stellas Hand sofort bemerkt und ihre Freude darüber offensichtlich gezeigt.

Sie nahm erst Stella und dann mich in die Arme und gratulierte uns mit Tränen in den Augen zu unserer Verlobung.

Mein Großvater stieß zu uns und sprach ebenfalls seine Glückwünsche aus. Er hatte offenbar schon längere Zeit damit gerechnet und dementsprechend für uns etwas vorbereitet.

Allerdings musste das warten, da er mit ein paar Sidhe in die Wälder ging, um nach Jarus Anhängern zu suchen. Laut seiner Wachen, lagerten Jarus Truppen nicht weit von hier und hatten zahlenmäßig stark zugenommen.

Ich wollte Stella nicht alleine lassen und doch wollte ich meinen Großvater gerne begleiten.

Es war gut, den Feind zu kennen und es war sicherlich noch besser, zu wissen, was genau auf uns zukam.

Stella schien meine innere Rangelei zu spüren und versicherte mir, dass sie keinen Blödsinn anstellen wollte, wenn ich mitging.

Ein wirklicher Trost war das allerdings nicht. Ich kannte sie und ihre Kurzschlussaktionen zu gut.

Jedoch nickte mir meine Mutter aufmunternd zu, was mich schließlich veranlasste, mich doch aufbruchfertig zu machen.

Wenn sie auf Stella achtete, war ich zumindest etwas beruhigt.

Ich begleitete meinen Großvater zur Waffenkammer, nachdem ich mich von Stella verabschiedet hatte.

Sie blickte mir sorgenvoll hinterher, was es nicht einfacher machte, sie zurückzulassen.

Ich wählte ein Langschwert und einen langen Eichenstab als Waffen aus und zog mir eine Art Kettenhemd zum Schutz des Oberkörpers über.

Mein Großvater hatte seine Waffen bereits im Vorfeld gewählt und seine beiden Breitschwerter hinter dem Rücken verstaut.

„Die beste aller Waffen jedoch, ist ein klarer Verstand."
ermahnte er mich, als wir uns auf den Weg zum Stall
begaben.

Er konnte fühlen, dass ich gedanklich ganz woanders
war.

„Ja Großvater, ich weiß. Ich werde versuchen, nicht die
ganze Zeit an sie zu denken."

Er lächelte mich verständnisvoll aber bekräftigend an
und stieg auf sein gesatteltes Pferd.

Die anderen Reiter warteten bereits auf uns und stiegen
nun ebenfalls auf ihre Tiere.

In hohem Tempo ritten wir schließlich los.

12

Es dauerte nicht lange, bis der König seine Gefolgschaft mit einem Handzeichen zum Halten bewegte.

Er war mehr denn je Herrscher und Anführer. Mir war diese immense Ausstrahlung damals kurzzeitig aufgefallen, als ich ihm das erste Mal am Steinkreis begegnete.

Zwischenzeitlich war er soviel mehr für mich geworden, sodass ich beinahe vergaß, welche Position er belegte.

Mein Großvater, der König. Welch seltsame Fügung.

Ich dachte an meine erste Begegnung mit Stella zurück.

Sie kam gerade aus Gwens Gästezimmer heraus und lief dann knallrot an, als sie mich sah.

Mir gefiel ihre vorlaute, freche und unbeholfene Art von Anfang an. Sie weckte den Beschützerinstinkt in mir und augenblicklich war ich ihr verfallen.

Wir haben inzwischen so einiges durchgemacht und doch brachte uns nichts auseinander. Im Gegenteil, es schweißte uns noch enger zusammen.

Und bald wurde sie meine Frau. Glücklicher als ich konnte kein Mann sein.

Mein Großvater stieß mir plötzlich sanft in die Seite und riss mich so aus meinen Gedanken.

„Entschuldige" murmelte ich ihm verlegen entgegen.

„Wir bekommen gleich Besuch. Konzentriere dich!"

„Alles klar. Ich bin bereit"

Bereit war ich nicht wirklich. Ich mochte es nicht, anderen Schmerzen zuzubereiten oder gar sie zu töten. Sonst wäre ich wohl kaum Arzt geworden. Dennoch wusste ich, dass es manchmal nicht anders ging. Aber besser oder einfacher machte es das Ganze auch nicht.

Ich riss mich zusammen und starrte einer Gruppe Reiter entgegen, die mit erhobenen Klingen direkt auf uns zukamen.

Stella

Ich war beinahe krank vor Sorge. Ethuriel und Brian waren bereits etwa drei Stunden fort, als ich beschloss, dass Bett zu verlassen.

Brida hatte mich zurück ins Zimmer begleitet, als die Beiden gegangen waren und ich versprach ihr, das Bett zu hüten.

Doch ich konnte einfach nicht länger nutzlos herumliegen, solange ich nicht wusste, ob es ihnen gut ging.

Ich schlüpfte aus dem Zimmer und ging durch die große Halle und den langen Gang, um anschließend in einen anderen Flur zu gelangen, der zum Pferdestall führte.

Viele der Tiere waren nicht in ihren Boxen.

Ich setzte mich auf einen großen Heuballen und starrte das große Tor an, so als ob es jede Sekunde aufgehen würde.

Nervös kaute ich mir erst auf den Fingernägeln herum und rupfte danach Heubüschel aus dem Ballen, bis ich das Donnern vieler Hufe hören konnte.

Endlich!

Das große Tor schwang auf und zahlreiche Sidhe ritten hinein.

Allen voran Ethuriel.

Doch wo war Brian?

Ich sprang auf und rannte durch die Pferdeschar, bis ich ihn endlich fand.

Er sah mitgenommen aus und registrierte mich erst, als ich nach den Zügeln seines Pferdes griff.

„Stella, mo Chroi!"

Mit einem Satz sprang er vom Tier und nahm mich fest in den Arm.

Er roch nach Blut und Schweiß.

Ich löste mich aus seiner Umarmung, um ihn näher zu betrachten.

Zuerst musterte ich sein Gesicht.

Bis auf einen kleinen Kratzer und schweißverklebte Haare schien er unversehrt.

Meine Augen betrachteten jede Körperstelle und glücklicherweise konnte ich keine Verletzung feststellen.

„Es geht dir gut." sagte ich erleichtert und drückte ihm einen langen Kuss auf die Lippen.

„Aber du stinkst" bemerkte ich anschließend mit gerümpfter Nase.

Er belächelte mich und zog mich hinter sich her aus dem Stall.

„Es wird schlimm werden, Stella."

„Ich weiß."

„Sie sind viele und sie sind gut vorbereitet. Wir sind auf eine kleine Gruppe von ihnen gestoßen und hatten sehr zu kämpfen. Mein Vater hat einen von ihnen noch verhört, bevor er ihn zu den Ahnen geschickt hat."

Brians Stimme klang traurig.

„Versuch nicht daran zu denken. Wir schaffen das schon irgendwie."

„Wenn es hier nicht um meine Familie gehen würde, wäre ich längst mit dir abgehauen. Weit weg von den Kämpfen und dem Tod."

„Weißt du Brian, ich denke wir sind nicht ohne Grund hier. Alles hängt irgendwie miteinander zusammen. Hätte ich Kaila nicht verloren, wärst du nicht wieder du. Und wenn Gwen mich nicht in die Irre geführt und zu sich gelockt hätte, wären wir beide uns nie begegnet."

Ich suchte seinen Blick und bemerkte, ein sanftes Leuchten, dass in seine Augen kehrte.

„Du hast Recht. Wir dürfen nicht aufgeben. Nicht jetzt, wo du doch bald meinen Namen trägst."

„Naja, also über den Namen können wir noch verhandeln oder?"

Jetzt lächelte er wieder.

Brian ging erst einmal ausgiebig duschen, während ich zurück ins Zimmer lief, um ihm und auch mir frische Kleidung zu suchen.

Ich war gerade dabei, den Kleiderschrank zu schließen, als ich die gesamte Kleidung vor Schreck einfach fallen ließ.

Ich schlug mir die Hand vor den Mund, um nicht schreien zu müssen.

Auf meinem Bett lag ein toter Rabe mit einem Zettel, der ihm in den zugebundenen Schnabel gesteckt wurde.

Ich zögerte erst und sah mich im Raum um, ob ich noch etwas entdeckte. Doch bis auf das tote Tier schien alles beim Alten zu sein.

Langsam ging ich auf den Raben zu und knotete das lederne Band auf, um an die Nachricht zu gelangen.

Stella,

du hättest es anders haben können, aber du hast bereits gewählt und musst nun die Folgen deiner Entscheidung akzeptieren.

Ich werde niemanden am Leben lassen – auch dich nicht!

Ich war wie versteinert. Er war hier gewesen. Oder hatte er hier Verbündete?

In meinen Gedanken sah ich Jaru, wie er ein langes Schwert in Ethuriels Herz bohrte.

Ich erschrak, als mir jemand plötzlich den Zettel aus der Hand riss.

Ich hatte nicht bemerkt, dass ich Gesellschaft bekam.

Eine Hand ruhte auf meiner Schulter.

Ich blickte in Ethuriels ernstes Gesicht.

„Geh Kind, ich werde den Raben beiseiteschaffen. Brian wird auf seine Kleidung warten."

„Aber, ich …"

Ethuriel schnitt mir das Wort ab.

„Nichts aber! Du gehst jetzt zu Brian und tust so, als wäre nichts gewesen. Hast du das verstanden?"

Ich nickte hastig, packte den Kleiderstapel zusammen und lief zum Badezimmer.

Brian

Stella schien in Gedanken mal wieder weit fort zu sein. Sie drückte mir einen Stapel Kleidung in die Hand und bemerkte offenbar nicht einmal, dass sie mir ihre Kleider ebenfalls reichte.

„He Schatz! Alles in Ordnung mit dir?"

„Ja klar. Warum fragst du?"

„Na ja. Du wirkst irgendwie abgelenkt. War was? Oder hast du Schmerzen? Soll ich mir deinen Arm nochmal ansehen?"

Stella kaute nervös auf ihrer Lippe herum bevor sie antwortete.

„Nein, nein. Alles gut."

„Ich kenne dich inzwischen zu gut, um mich mit dieser Aussage abspeisen zu lassen. Also, was ist los?"

„Es ist rein gar nichts und jetzt möchte ich gerne duschen."

Sie hatte einen bissigen Unterton in ihrer Stimme, der keinen Zweifel daran ließ, dass sie mir etwas verschwieg. Nur was konnte in dieser kurzen Zeit vorgefallen sein?

In Gedanken ließ ich die letzten Minuten Revue passieren, aber ich hatte absolut keine Idee, was ihr verändertes Verhalten bewirkt haben könnte.

Ich legte ihre Kleidung neben die Dusche und verließ den Raum.

Anschließend ging ich in Stellas Zimmer, um dort auf sie zu warten.

In ihrem Zimmer schien alles wie immer.

Ich legte mich aufs Bett und rätselte weiterhin über Stellas Benehmen, als die Türe aufging und eine Zofe hereinkam.

Über ihren Armen lagen Gewänder, die offensichtlich für uns gedacht waren.

„Leg sie doch bitte hier hin." sagte ich zu ihr, während ich auf das Fußende des Bettes zeigte.

Die Zofe machte einen Knicks, legte die Kleidung ab und verließ das Zimmer.

Ich hatte mich gerade aufgesetzt, um mir die Gewänder anzusehen, als Stella den Raum betrat.

Sie wirkte etwas entspannter als vorhin, doch ihr Blick wanderte nun gründlich durchs Zimmer.

„Suchst du was?" fragte ich sie.

„Nein. Hab's schon gefunden" lenkte sie schnell ab und ging auf die Kleidung am Bettende zu.

Sie nahm ein bordeauxrotes langes Kleid vom Bett und betrachtete es eingehend.

Ich schnappte mir die liegengebliebenen marineblauen Kleidungsstücke und tat so, als würde ich sie mir ebenfalls anschauen, während ich Stella heimlich beobachtete.

Sie blickte immer wieder zum Bett, doch hier war nichts außer mir.

Oder vielleicht doch?

Irgendwie gruselte mich nun die Vorstellung, sie könnte etwas sehen, was ich nicht wahrnehmen konnte.

Doch eigentlich war ich mir sicher, dass da nichts gewesen sein konnte.

„Stella, soll ich dir mit dem Kleid helfen?"

„Ja gerne."

Ein sanftes Lächeln umspielte ihren Mund.

Ich sprang vom Bett auf.

Sie zog das bodenlange Kleid über und drehte mir ihren Rücken entgegen. Ihre tadellose Haut duftete verführerisch nach Vanille und Sandelholz.

Ich fuhr ihr sanft mit den Fingern die Wirbelsäule entlang, bevor ich die zwei Kordeln nahm, um das Kleid zu schnüren.

„Geht es so oder ist es dir zu eng?"

„Nein, es ist perfekt so. Danke."

Sie drehte sich um und drückte mir einen schnellen Kuss auf den Mund.

„Jetzt du." forderte sie mich auf.

Ich zog mir nun ebenfalls mein Gewand über und blickte an mir hinab.

Das Gewand war elegant, keine Frage. Doch wirklich wohl fühlte ich mich darin nicht.

Es wirkte beinahe zu übertrieben mit den ganzen goldenen Stickereien und eingearbeiteten Perlen.

Mein Großvater nahm seine Verlobungsfeier für uns offensichtlich sehr ernst.

Stellas Kleid war zwar ebenfalls sehr aufwendig gearbeitet und zahlreich verziert, doch sie sah einfach nur umwerfend darin aus. Daran konnte auch der dicke Verband nichts ändern, der ihren Arm schützte.

Am liebsten wäre ich in eine meiner Jeans geschlüpft, doch ich wollte meinen Großvater nicht kränken.

„Gefällt's dir nicht?" riss mich Stella aus meinen Gedanken.

„Es geht schon. Ich finde es nur nicht ganz passend. Wie findest du es?"

Ein kurzes Schmunzeln huschte über ihr Gesicht bevor sie mir antwortete.

„Ich find's eigentlich ganz hübsch. Außergewöhnlich."

Sie fühlte den Stoff am Ärmel und hielt an den Stickereien inne.

Ich konnte nicht widerstehen. Die Art und Weise, wie intensiv sie die Gewänder betrachtete war wirklich sexy.

Ich nahm ihre Hand und führte sie an meine Lippen, um erst ihren Handrücken und anschließend ihren geschmückten Finger zu küssen.

Dann legte ich meinen Arm um ihre Hüfte und zog sie zu mir.

Gerade wollte ich sie nochmal fragen, warum sie so angespannt war, als die Türe aufging und eine Zofe verkündete, dass wir erwartet wurden.

Ich rollte mit den Augen, drückte Stella noch einen Kuss auf ihre weichen Lippen und machte mich mit ihr auf den Weg.

13

Stella

Diesen Bereich des Schlosses kannte ich noch nicht.

Wir gingen einen langen Gang entlang, der neben dem Trainingssaal begann.

Zahlreiche Fackeln erleuchteten den Weg auf eine mystische und gleichzeitig romantische Art.

Während wir den Flur entlangliefen, konnte ich bereits sanfte Musik hören und je näher wir dem Ende kamen, desto nervöser wurde ich.

Meine Finger verschränkten sich krampfhaft mit Brians, der jedoch ziemlich gelassen wirkte.

Wir traten schließlich durch eine große braune Flügeltüre und standen in einem riesigen geschmückten Saal voller Sidhe und Blumen.

Es roch nach Rosen und Veilchen.

In einer Ecke konnte ich mehrere Sidhe mit Musikinstrumenten, die ich nie zuvor gesehen oder gehört hatte, ausmachen.

Es waren geschwungene, zum Großteil hölzerne Instrumente, die einen wunderbar sanften, weichen Klang erzeugten.

Eins, dieser kunstvoll gearbeiteten Werke, schien einer Harfe sehr ähnlich.

Eine Sidhe-Frau zupfte mit geschlossenen Augen ganz vorsichtig die einzelnen Saiten.

Ethuriel riss mich schließlich von dem fesselnden Anblick los.

Er begrüßte uns herzlich und bat uns, an der großen Tafel Platz zu nehmen.

Der König war, wie die anderen Gäste auch, sehr edel gekleidet. Er trug eine Art dunkelblaue Robe, die ähnlich Brians Kleidung, mit goldener Stickerei verziert war. An den Ärmeln hatte Ethuriel jedoch noch diverse Edelsteine angenäht und er trug einen aufwendigen goldfarbenen Schmuck auf seinem Kopf. Viele einzelne Ketten fügten sich in der Mitte seiner Stirn zu einer Art Rune zusammen. Sein strohblondes Haar viel ihm offen über die Schultern. Er wirkte sehr stattlich und schien sich extra für uns herausgeputzt zu haben.

Brida war es jedoch, die mich in wirkliches Staunen versetzte.

Sie trug ihr feuerrotes, langes Haar ebenfalls offen und schmückte es mit einer Art Haarbändern, die jedoch in Silber gehalten waren. Silberne, mit Edelsteinen verzierte Blätter und Blüten waren an den Bändern befestigt und ließen sie wie eine Königin aussehen.

Sie trug ein bodenlanges pastellgelbes Kleid mit leichter Schleppe, welches ihre tadellose Figur perfekt betonte.

Wenn sie nicht Brians Mutter wäre, hätte ich glatt eifersüchtig werden können.

Brida setzte sich neben Ethuriel an die Stirnseite der Tafel. Brian und ich saßen links von den beiden und zahlreiche andere Sidhe saßen ebenfalls mit uns am Tisch.

Einige von ihnen kannte ich bereits flüchtig und nickte ihnen freundlich entgegen.

Ich fand mich momentan tatsächlich underdressed, falls man es so benennen kann.

Das bordeauxrote Kleid war zwar ebenfalls sehr geschmackvoll und chic, doch ich hatte meine Haare einfach nur grob durchgekämmt, bevor ich sie geknetet habe.

Ich wirkte bestimmt ziemlich langweilig auf die Gäste.

Wieder war es Ethuriel, der mich aus meinen Gedanken riss.

„Meine lieben Gäste, Freunde und Verwandte, ich möchte euch herzlich willkommen heißen zu diesem besonderen Abend. Es ist mir eine große Ehre und eine noch größere Freude, euch heute eine wunderbare Nachricht überbringen zu können. Nachdem mein totgeglaubter Enkel endlich heimgekehrt ist, hat er seiner großen Liebe Stella das Versprechen gegeben, den Bund der Ehe mit ihr einzugehen. Die beiden sind nun offiziell verlobt und das wollen wir gebührend feiern. Ihr seht, dass auch in der dunkelsten Stunde Licht ist. Deshalb werden wir uns heute nicht mit der bevorstehenden Gefahr auseinandersetzen. Wir werden die Liebe feiern und meinen offiziellen Thronfolger krönen. Hebt die Gläser und stoßt mit mir an! Auf Brian, meinen Enkelsohn und Erben. Und auf Stella, unser Undómièl. Auf dass ihr ein langes glückliches Leben miteinander führen werdet!"

Ich war ziemlich verlegen aufgrund seiner Worte und fühlte, die Hitze in meine Wangen steigen.

Brian lächelte mich liebevoll an, doch ich merkte ihm an, dass er ebenfalls verlegen war. Er war nun der offizielle Thronfolger. Es war eine große Verantwortung die er nun trug. Doch hatte das auch Konsequenzen für unsere Zukunft?

Ob er wohl davon wusste, dass Ethuriel ihn zum Thronfolger ernennen würde?

Ich wollte mich nachher mit ihm darüber unterhalten und versuchen, den Abend zu genießen.

Die Sidhe lächelten uns immer wieder an und beglückwünschten uns nach der üppigen Mahlzeit auch persönlich.

Ethuriel bat uns nach dem ersten Tanz darum, ihm in den hinteren Teil des Saales zu folgen.

Auf der einen Seite, war ich froh, dass er mich vom Tanzen erlöste, auf der anderen Seite aber ziemlich nervös, da ich nicht wusste, was jetzt auf uns zukam.

Wir tanzten nicht so, wie ich es von der Disko gewohnt war.

Es war ein sanfter Rhythmus, ähnlich einem Walzer.

Da ich aber nie einen Tanzkurs besucht hatte, musste ich mich von Brian führen lassen und das war etwas, was mir überhaupt nicht leichtfiel. Wenn ich mit den Mädels Fox tanzte, war ich immer der männliche Part. Ich wollte auch da die Kontrolle behalten. Bestimmt wirkte unser Tanz sehr verkrampft.

Brian führte gut und ließ sich auch nichts anmerken, als ich ihm ein- oder zweimal auf die Füße trat.

Ethuriel winkte zwei Bedienstete herbei, die anschließend zu uns kamen.

Beide trugen jeweils eine größere Holzschatulle.

Die anderen Sidhe versammelten sich etwas abseits hinter uns, um zuzusehen.

Zuerst wandte sich Ethuriel an Brian: „Mein Enkelsohn, ich bin überaus glücklich über deine Entscheidung, Stella zur Frau zu nehmen und wünsche dir alles erdenklich Gute für eure gemeinsame Zukunft. Du hast in den vergangenen Monaten bewiesen, ein würdiger Nachfolger zu sein. Du bist selbstlos, mutig und zielstrebig. Das Volk der Sidhe wird einen gerechten und gütigen Herrscher in dir haben."

Ethuriel öffnete die Truhe und legte Brian einen ähnlichen Kopfschmuck an, wie er ihn selbst trug.

„Dies Diadem gehörte einst deinem Vater. Du bist ihm sehr ähnlich. Er wäre ein guter König geworden. Doch nun würde er ebenso stolz auf dich sein, wie ich es bin."

Brida, die direkt hinter uns stand, konnte ihre Tränen nicht länger zurückhalten. Sie lächelte ihren Sohn voller Liebe an und kam nun näher, um ihn herzlich und lange zu umarmen.

Nun wandte sich Ethuriel an mich.

Ich war sichtlich nervös.

„Undómièl, du bist eine wundervolle, außergewöhnliche Frau. Ich bin sehr glücklich darüber, dass du dich an meinen Enkelsohn binden willst und bin mir sicher, dass ihr beide stets das Richtige für die Sidhe tun werdet. Sie sind nun auch dein Volk."

Ethuriel griff in die andere Truhe und hielt ein wunderschönes, filigranes Diadem aus einer Art Kristall mit silbernen Verzierungen und Kettchen in den Händen. Es spiegelte in den Farben des Regenbogens.

Ich beugte den Kopf, um es mir aufsetzen zu lassen.

„Diese Kostbarkeit gehörte einst meiner Frau. Fraya hatte dieses Diadem vor langer Zeit von meiner Mutter erhalten. Ich wünsche euch beiden alles Glück der Welt!"

Ethuriel gab mir einen Kuss auf die Stirn und wandte sich anschließend dem Volk hinter uns zu.

„Ihr seid die Zeugen der heutigen Feierlichkeiten. Eine neue Zeit wird anbrechen, wenn die Alte endet. Seht nicht der Bedrohung entgegen, die auf uns zukommen mag. Seht nach dem Licht, das euch die Hoffnung schenkt!"

Die Menge jubelte und klatschte. Nichts erinnerte mehr an die gedrückte Stimmung, die vor ein paar Stunden noch herrschte. Die Sidhe feierten ausgelassen und wirkten völlig unbeeindruckt angesichts der drohenden Gefahr.

Die Musiker spielten wieder und die Frau an dem Saiteninstrument sang jetzt auch dazu.

Sie sang in Sidhe. Es war ein langsames Lied und handelte von der Liebe eines Mannes zu seiner Angebeteten. Sie liebte ihn jedoch nicht und ging fort. Ein schönes, aber doch auch trauriges Lied.

Ich verspürte einen Kloß im Hals, als ich die Sidhe um mich herum betrachtete. Wie konnten sie so schnell vergessen, was auf sie zukam? Wie war es ihnen möglich, den Abend so fröhlich zu verbringen? Ich selbst fand den Abend wirklich schön. Ethuriel und Brida hatten sich große Mühe gegeben, um uns ein schönes Fest zu bereiten. Ich war wirklich gerührt von Ethuriels Worten und fühlte mich für einen kurzen Moment ein wenig wie eine Prinzessin. Doch ich konnte nicht einfach abschalten und fröhlich feiern.

Nicht, solange ich nicht wusste, wie der Rabe in mein Zimmer kam und was Jaru als nächstes vorhatte.

Ich musste unbedingt mit Ethuriel alleine sprechen. Nur wie sollte ich das anstellen?

Brian

Es war ein schöner Abend und doch merkte ich Stella an, dass etwas nicht stimmte. Sie wirkte bedrückt.

Ich war selbst nicht bei bester Laune, als mein Großvater mich zum Thronfolger ernannte, aber Stellas Grund musste ein anderer sein. Sie wirkte vor der Feier schon so nervös und abwesend.

Ich war gerade in ein Gespräch mit ein paar der hochrangigen Offiziere vertieft. Sie erzählten mir von ihren Familien. Sie machten Scherze über *die Ketten der Ehe* und lachten über die Eigenheiten ihrer Frauen.

Ich wollte Stella dazu etwas fragen, doch sie stand gar nicht mehr neben mir. Als ich mich suchend nach ihr umblickte, stellte ich fest, dass mein Großvater ebenfalls verschwunden war.

Ich entschuldigte mich bei den Offizieren und ging aus dem Saal hinaus, um nach Stella zu suchen.

Nach ein paar Metern, konnte ich bereits ihre Stimme hören, die mit meinem Großvater diskutierte.

„Nein!" schimpfte sie.

„Das ist keine Bitte Stella. Ich befehle es dir als dein König!"

„Und was, wenn ich nicht mache, was du sagst? Willst du mich dann einsperren?"

„Es reicht jetzt! Geh zurück zum Fest, bevor dich jemand vermisst"

Ich konnte mir das nicht mehr länger anhören und ging dazwischen.

„Was ist hier los?" fragte ich die Beiden.

Stella wirkte völlig aufgelöst und kam direkt auf mich zu.

„Ich warne dich!" drohte mein Großvater ihr.

„Halt mal. Du bist der König, ok. Aber du bist auch mein Großvater und Stella wird meine Frau. Wir sind eine Familie. Ich möchte nicht, dass du so mit ihr sprichst. Also nochmal. Was ist hier los? Was willst du von Stella?"

Großvater schnaubte, er war sichtlich zornig.

Ich fragte nun Stella, die meinen Großvater daraufhin anstarrte.

„Hier!" raunzte er und drückte mir einen Zettel in die Hand.

Der Brief war von Jaru und an Stella gerichtet.

Ich las ihn drei Mal, bevor ich etwas dazu sagen konnte.

Ich musste meine Gedanken sortierten und griff nach Stellas Hand, bevor ich sie ansprach.

„Der Zettel lag in deinem Zimmer, hab ich Recht? Deshalb warst du vorhin so komisch."

Sie nickte.

„Aber wieso hast du denn nichts gesagt?"

„Dein Großvater hatte es mir verboten."

„Wo lag der Brief genau?"

„Auf dem Bett. In dem Schnabel eines toten Raben."

Jetzt wurde ich zornig. Ich ballte meine freie Hand zu einer Faust und schlug gegen die Wand neben mir.

„Wieso in aller Welt, sollte ich hiervon nichts erfahren? Kannst du dir auch nur annähernd vorstellen, wie wütend ich gerade bin?" schrie ich meinem Großvater beinahe entgegen.

„Was, wenn er zurückkommt und seine Drohung umsetzt? Ich hätte von nichts gewusst. Wie sollte ich Stella dann beschützen?"

„Es reicht!" befahl mein Großvater.

„Ich habe bereits Vorkehrungen getroffen. Ihr wird nichts geschehen. Ich wollte nicht, dass du es weißt, eben aus diesem Grund. Erinnerst du dich daran, was ich dir heute gesagt habe? Klare Gedanken sind wichtig. Nicht von Gefühlen leiten lassen. Eben jetzt bist du sehr emotional und würdest vermutlich jeden Kampf verlieren!"

„Du irrst dich! Eben in diesem Moment, wäre ich wohl auch zu Taten bereit, die ich sonst nie in Betracht ziehen würde. Ablenken lassen ist das eine, aber du hast mir eben einen Grund mehr geliefert, nicht so zu werden wie du es bist und Jaru endlich den Garaus zu machen!"

„Bitte streitet doch nicht. Nicht meinetwegen." schaltete sich nun Stella ein.

„Wir streiten nicht Stella. Wir diskutieren. Und wir tun das nicht deinetwegen, sondern weil mein Großvater zu sehr von sich überzeugt ist und weil Jaru den Bogen weit überspannt hat."

„Es tut mir leid, dass du das so siehst, Brian. Irgendwann wirst du meine Gründe vielleicht verstehen. Ich muss auch Sorge tragen, dass unser Volk diese Sache gut übersteht. Du hast ein großes Herz, aber wenn du nicht auch deinen Verstand benutzt, könnte es dich nicht nur dein Leben kosten."

Mein Großvater blickte wieder zu Stella.

„Jetzt weiß er es. Ich hoffe, du bist nun zufrieden."

Mit diesen Worten, ließ er uns stehen und ging zurück in den Saal.

Ich nahm Stella in die Arme und dachte über seine Worte nach.

In gewisser Weise hatte er Recht. Stella ging mir über alles. Niemals würde ich sie ab jetzt noch aus den Augen lassen. Nicht, seit ich wusste, dass Jaru womöglich selbst den Brief auf ihrem Bett drapiert hatte.

Der Abend war jedenfalls dahin.

„Entschuldige" flüsterte mir Stella ins Ohr.

„Für was denn? Ich finde es wichtig, dass wir offen und ehrlich zueinander sein können. Lass Ethuriel nur reden. Hast du Angst?"

Ich schob sie etwas von mir weg, um in ihre Augen sehen zu können.

„Nein. Jedenfalls nicht deshalb, dass er mir etwas antun könnte."

„Sondern?"

„Er könnte mir dich wegnehmen. Das wäre viel schlimmer."

In ihren Augen sammelten sich bereits die Tränen.

„Mach dir keine Sorgen. Ich werde immer bei dir sein. Das hab ich doch versprochen."

Ich zog sie wieder an mich ran und so verharrten wir, bis meine Mutter zu uns stieß.

„Alles in Ordnung bei euch beiden?"

„Ja Mom, alles gut. Wir wollten nur kurz alleine sein."

„Macht nicht zu lange, ja? Die Gäste wundern sich schon, wo ihr seid."

„Wir kommen gleich."

14

Der Abend wurde lang und die Sidhe feierten ausgelassen. Die Gäste gratulierten uns zu unserer Verlobung und beglückwünschten mich, zum offiziellen Thronfolger ernannt worden zu sein.

Ich selbst hatte mit diesem Erbe nicht gerechnet. Zumindest hatte ich mir bisher keine Gedanken darüber gemacht.

Ich hatte keine Probleme damit, Verantwortung zu übernehmen. Das musste ich in meinem Beruf schon zur Genüge.

Aber ich wollte mein restliches Leben eigentlich mit Stella bei den Menschen verbringen. Es war nicht in Ordnung von meinem Großvater, mich einfach vor vollendete Tatsachen zu setzen. Sicherlich war es ein kluger Schachzug seinerseits. So blieb mir keine Wahl. Dennoch gab es da noch Klärungsbedarf. Vor allem musste ich darüber nachdenken, wie ich meine Zukunft mit Stella gestalten wollte.

Wir standen die meiste Zeit etwas abseits der Tanzfläche.

Nach dem Vorfall im Gang war uns das Feiern vergangen.

Ich hatte mich eigentlich auf einen schönen Abend gefreut.

Stella schien erleichtert darüber zu sein, dass ich über Jarus Geschenk Bescheid wusste. Sie machte sich sowieso andauernd Sorgen um alle und nun konnte man ihr deutlich anmerken, wie angespannt sie war.

Ihr Blick suchte stets den Raum nach Ungewöhnlichem ab und als einem Bediensteten ein Glas zerbrach, zuckte sie vor Schreck zusammen.

Wenn ich ihr nur die Angst nehmen könnte.

Wir sprachen an diesem Abend nicht mehr über Jaru, aber er schien präsenter denn je zu sein.

Am nächsten Morgen wollte ich noch einmal das Gespräch mit meinem Großvater suchen. Es gab doch einiges zu klären.

Doch zunächst war es wichtig, dass wir genug schliefen.

Keiner wusste genau, wann Jaru angreifen würde und wenn es soweit war, mussten wir ausgeruht sein.

Stella schlief extrem unruhig in dieser Nacht und wimmerte leise. Es musste grausam sein, diese Bilder ihrer Visionen zu ertragen. Zu sehen, wie geliebte Menschen sterben.

Ich konnte leider nichts anderes tun, als sie zu trösten und für sie da zu sein. Doch lieber als das, hätte ich ihr gerne diese Visionen abgenommen.

Stella

Ein neuer Tag brach an. Ein neuer Morgen, an dem ich nicht wusste, was auf mich zukam.

Ein neuer Tag, der neues Unheil bringen konnte.

Ein Tag, an dem ich alle verlieren könnte, die mir inzwischen so viel bedeuteten.

Ich hatte wieder diese schrecklichen Bilder gesehen und fühlte mich völlig fertig.

Ich hatte das Gefühl, überhaupt nicht geschlafen zu haben.

Als ich aufwachte, lag ich alleine im Bett.

Brian musste früh aufgestanden sein.

Er hatte mir gestern gesagt, dass er noch einmal mit Ethuriel sprechen wollte. Vermutlich befand er sich also bei ihm.

Ich streckte meine müden Glieder, kletterte aus dem Bett und öffnete das Fenster.

Ich sog die feuchte Luft ein und betrachtete die Gegend um das Gemäuer.

Unter meinem Fenster standen zwei Wachen, die sich leise miteinander unterhielten.

Die Baumkronen wogen sanft im Wind und die Vögel flogen fröhlich zwitschernd von einem Ast zum nächsten.

Es schien alles friedlich da draußen zu sein.

Und doch fühlte ich die drohende Gefahr, die dort unten lauerte. Ein Frösteln durchfuhr mich.

Ich schloss das Fenster wieder und machte mich auf den Weg ins Badezimmer.

Die drei Wachen, die vor meinem Zimmer ihre Posten bezogen hatten, grüßten mich freundlich.

Na wenigstens hatte Ethuriel tatsächlich Wort gehalten und seine Schutzmaßnahmen verstärkt.

Als ich nach der Dusche zurück ins Zimmer kam, lag bereits frische Kleidung auf dem Bett und Brian saß daneben.

„Guten Morgen Schatz" begrüßte ich ihn und gab ihm einen Kuss.

„Guten Morgen."

„Na, warst du bei Ethuriel? Wie ist es gelaufen?" fragte ich ihn.

„War eigentlich ganz ok. Er entschuldigte sich sogar bei mir für sein gestriges Verhalten. Ich denke, er hat auch

Angst vor dem was auf uns zukommt. Er mag es zwar überspielen, aber dennoch fürchtet er sich. Jarus Truppen sind zahlenmäßig größer geworden. Außerdem haben sie sich auf mehrere Lager verteilt. Mein Großvater denkt, dass sie vermutlich aus unterschiedlichen Richtungen angreifen werden. Ein Späher hatte versucht, genauere Details zu ihren Plänen herauszufinden, konnte aber nicht wirklich viel in Erfahrung bringen. Die meisten seiner Anhänger sind Gesetzlose und verstoßene Sidhe. Männer die verbannt wurden, weil sie Unrecht begangen haben. Ein toller Haufen Diebe, Verräter, Schläger und Irrer. Wir sind ihnen zwar zahlenmäßig überlegen aber vermutlich nicht halb so brutal, wie sie es sein werden. Die meisten unserer Krieger sind unerfahren oder alt. Du weißt ja, wie lange es schon keine Nachkommen mehr gab. Ethuriel versucht, die anderen Stämme im Norden und Westen zu erreichen. Wenn wir Glück haben, erhalten wir rechtzeitig Unterstützung von ihnen. Ansonsten bleibt uns momentan nur, abzuwarten und zu reagieren, sobald es losgeht."

„Na wenn das keine tollen Neuigkeiten sind" stöhnte ich.

„Was ist mit den Wölfen?" fragte ich.

„Daran habe ich auch schon gedacht. Aber nur du könntest sie bitten. Nach der Sache mit Miro und Selas ist das vermutlich aber keine gute Idee. Ich denke nicht, dass sie sich freuen würden, dich zu sehen, geschweige denn, uns noch einmal zu helfen."

Er fuhr sanft über meinem verbundenen Arm, um seine Ansichtsweise zu untermauern.

„Aber ein Versuch wäre es doch wert!" versuchte ich es weiter.

„Ich weiß nicht. Was ist mit James? Er hat doch auch Kontakte zu den Wölfen?"

„Dann lass uns doch beides versuchen. Du reitest zu James und ich versuche die Wölfe zu überreden, sich uns anzuschließen."

„Bist du noch ganz bei Trost?" fragte er mich sichtlich empört.

„Wieso nicht? Es ginge doch wesentlich schneller, wenn wir uns aufteilen."

„Das kommt nicht infrage. Wie oft soll ich dich noch aufsammeln und zusammenflicken? Du bist nicht mal richtig gesund. Außerdem hab ich dir doch schon gesagt, dass ich dich nicht mehr aus den Augen lasse. Du wirst nicht gehen!"

„Willst du mich jetzt auch bevormunden? Du kannst mir gar nichts verbieten!"

Ich warf ihm einen zornigen Blick zu.

„Doch, das kann ich sehr wohl… Wachen!"

„Das ist jetzt nicht dein Ernst. Wag es dich ja nicht." drohte ich ihm.

Die Türe ging auf und zwei der drei Wachposten kamen ins Zimmer.

„Was können wir für euch tun?" fragte eine der Wachen.

„Ihr lasst Stella nicht aus den Augen, nicht mal für eine Sekunde! Ist das klar?"

„Sicher, eure Hoheit!"

„Das werden wir ja sehen!" ich war stinksauer.

Ich versuchte, an den Wachposten vorbeizudrängeln, doch sie ließen mich nicht durch.

„Jetzt sei doch vernünftig." versuchte Brian nun, mich zu beschwichtigen.

„Du magst vielleicht mein Verlobter sein und zufällig der Thronfolger, aber das gibt dir noch lange nicht das Recht, mich einzusperren!"

„Ich will dich doch gar nicht einsperren. Mensch sei doch nicht so naiv. Ich sorge mich doch nur um dich."

Er kam nun auf mich zu und wollte mich küssen.

Ich drehte mich um und musste plötzlich loslachen.

Wir benahmen uns wie zwei kleine Kinder.

„Was ist jetzt so witzig?" fragte er verdutzt und lief um mich herum, um wieder vor mir zu stehen.

„Wir beide. Schau uns nur an."

Er schien die Situation nicht sehr witzig zu finden.

„Ist ja toll, dass du das alles lustig findest. Ich finde daran absolut nichts zum Lachen. Ich will dich schützen. Nicht mehr und nicht weniger."

Sichtlich beleidigt verließ er das Zimmer.

Die Wachposten blieben. Sie stellten sich neben die Türe und musterten mich.

„Was gibt's da zum Glotzen?" fragte ich die Beiden und ging zurück zum Bett.

Ich setzte mich hin und überlegte, was gerade falsch gelaufen war. Wie konnte die Stimmung so schnell kippen?

Brian

Ich war zu hart zu ihr. Dessen war ich mir bewusst. Kaum war ich aus dem Zimmer, hatte ich schon ein schlechtes Gewissen.

Doch ich tat das doch nur um sie zu schützen. Wieso war sie nur immer so stur?

Ich lief zu meiner Mutter und bat sie um ein Kräuterbündel.

Fragend schaute sie mich an.

„Stella braucht dringend Ruhe. Siehst du später mal nach ihr? Ich will zu James reiten und ihn um Hilfe bitten." erklärte ich ihr.

„Das ist der einzige Grund?" fragte sie mit hochgezogener Augenbraue.

„Sie will zu den Wölfen."

„Ich verstehe, dass du dich sorgst. Aber sie kann mit ihnen sprechen. Vielleicht ist die Idee gar nicht so übel."

„Jetzt fall mir doch nicht in den Rücken."

„Das tue ich nicht. Ich finde nur, du solltest ihr etwas mehr vertrauen. Sie ist mehr als nur Stella oder deine

Verlobte. Sie ist Undómièl und trägt die Kraft des Abendsterns ins sich."

„Und wie endete es bisher immer?"

„Es muss ja nicht immer so sein."

„Nein!"

Ich packte die Kräuter und ging zurück zu Stella.

Als ich ins Zimmer kam, saß sie schmollend auf dem Bett.

Sie würdigte mich keines Blickes.

„He Schatz, lässt du mich deinen Arm ansehen?"

„Wieso? Würdest du mich zwingen ihn dir zu zeigen, wenn ich nein sage?"

„Jetzt hör schon auf damit. Bitte lass mich kurz den Verband wechseln."

Sie funkelte mich zornig an. Dann entdeckte sie die Kräuter, die ich in der Hand hielt.

„Was ist das? Wenn du auch nur daran denkst sie anzuzünden, lernst du mich kennen!" drohte sie mir jetzt.

„Es ist nur zu deinem Besten."

Plötzlich sprang sie auf und riss mir die Kräuter aus der Hand um sie in die Ecke zu werfen.

Ich packte ihre Arme und zwang sie dazu mich anzusehen.

„Sag mal spinnst du?"

„Lass mich los!" war alles, was sie sagte.

Ich sah in ihre wütenden Augen und erkannte, dass die Situation bereits eskaliert war.

Ich ließ von ihr ab und starrte sie an.

Sie riss sich den Ring vom Finger und warf ihn zu den Kräutern in die Ecke.

„Wachen!"

„Ja, eure Hoheit?"

„Stella muss schlafen."

Die Wachen packten Stella an je einem Arm und zerrten sie ins Bett zurück.

Sie schrie und wehrte sich mit aller Kraft.

Ich hob das Kräuterbüschel auf und drapierte es neben ihrem Kopf auf dem Nachttisch, um es direkt anzuzünden.

Ihre Augen durchbohrten mich.

Ich war stinksauer und gleichzeitig über alle Maße enttäuscht über ihr Verhalten.

Die Kräuter fingen langsam an, ihre Wirkung zu entfalten.

Stellas Blick wurde glasig und die Anspannung wich aus ihrem Körper.

Die Wachen konnten sie loslassen und gingen zurück auf ihre Posten neben der Türe.

Ich begann damit, ihren Verband abzuwickeln und betrachtete anschließend die Naht.

Es heilte gut und schon bald konnten die Fäden raus.

Stella schlief inzwischen.

Friedlich lag sie da und nichts erinnerte mehr an die Auseinandersetzung zwischen uns.

Ich kontrollierte ihren Puls und die Atmung, bevor ich einen frischen Verband anlegte.

Dann hob ich den Ring auf und steckte ihn wieder an ihren Finger zurück.

„Es ist doch nur zu deinem Besten" flüsterte ich ihr ins Ohr.

„Ich liebe dich und es tut mir leid."

Ich hoffte darauf, dass sie nochmal in Ruhe über alles nachdachte, wenn sie wieder wach war und nahm mir fest vor, ein vernünftiges Gespräch mit ihr darüber zu führen.

So zornig hatte ich sie noch nie erlebt.

Vermutlich wirkte Jarus Entführung noch nach.

Ich strich ihr über den Kopf und machte mich dann auf den Weg zum Pferdestall.

15

Ich ritt, als ob der Teufel in meinem Nacken säße und stürmte ohne anzuklopfen in James' Hütte.

Verwundert schaute er von seinem Stuhl auf und stand anschließend auf, um mich willkommen zu heißen.

„Sei gegrüßt Brian. Was ist los?"

„Hallo James. Tut mir leid, dass ich einfach so reinplatze, aber es ist dringend."

Ich setzte mich mit ihm an den Tisch und erklärte ihm in der Kurzfassung den Grund meines Besuches.

Er hörte mir aufmerksam zu und versprach, so schnell wie möglich mit Unterstützung ins Schloss meines Großvaters zu kommen.

Ich hoffte inständig, dass er rechtzeitig eintreffen würde und ritt sofort nach unserem Gespräch zurück.

Hoffentlich war Stella inzwischen nicht mehr sauer auf mich.

Stella

Als ich aufwachte, entdeckte ich zuerst Brida, die vor dem Fenster stand und raus sah.

Ich betrachtete meine Arme und erkannte einen frischen Verband und auch der Ring war zurück an meinem Finger.

Ich war immer noch sauer auf Brian. Wie konnte er nur so mit mir umgehen? Was war in ihn gefahren?

„Hallo Stella, wie fühlst du dich?"

„Hallo Brida, ich bin ehrlichgesagt etwas sauer. Wo ist Brian hin? Bist sicherlich nicht ohne Grund hier."

„Ich habe versucht ihn umzustimmen, was die Kräuter angeht. Es tut mir leid. Ich bin gekommen, weil ich dir helfen möchte, nicht seinetwegen."

Ihre Worte machten mich stutzig.

„Wie meinst du das? Und wo ist er denn nun? Ich hab noch ein Hühnchen mit ihm zu rupfen."

„Nun ja. Ich werde dich zu den Wölfen begleiten. Brian ist zu James geritten. Er wollte, dass ich auf dich achtgebe. Ich denke, das kann ich auch, wenn wir unterwegs sind, oder?"

Sie zwinkerte mir zu.

„Oh Brida, du bist die Beste!"

Ich sprang aus dem Bett und drückte sie.

Dann zog ich mich schnell um und wollte mit Brida das Zimmer verlassen. Doch die Wachen ließen uns nicht gehen.

„Wir können euch nicht durchlassen. Befehl ist Befehl." erklärte einer der Beiden, als sie sich vor uns positionierten.

„Was glaubt ihr wohl wird passieren, wenn der König hiervon erfährt. Ich könnte ihm erzählen, dass ihr meine Befehle missachtet habt. Und wer glaubt ihr, ist momentan ranghöher? Mein Sohn, der nicht hier ist, oder die Schwiegertochter des Königs?"

Die beiden Wachen schauten sich kurz an, bevor sie schließlich nachgaben und uns passieren ließen.

„Das hast du super gemacht" lobte ich Brida.

„Man sollte niemals die Waffen einer Frau unterschätzen" scherzte sie, während wir uns auf den Weg zum Stall begaben.

Ich war froh, Brida an meiner Seite zu haben. Es fühlte sich beinahe an wie damals, als sie wie ein Schutzengel über mich wachte.

Wir suchten uns zwei Pferde aus.

Ich entschied mich für eine beigefarbene Stute, während Brida einen dunkelbraunen Hengst sattelte.

Wir ritten etwa fünf Kilometer, bis ich die Nähe einiger Wölfe spürte.

Brian

Mit einem mulmigen Gefühl kam ich an.

Ich ahnte bereits, dass Stella fort war.

Ich sprang vom Pferd, gab die Zügel dem erstbesten Stallburschen in die Hand und hielt ihn an, zu warten bis ich wiederkam. Zuerst musste ich nachsehen, ob mein mulmiges Gefühl berechtigt war.

Als ich schließlich in ihr Zimmer stürmte, fand ich es tatsächlich leer vor.

Die Wachen stammelten entschuldigende Worte und hofften darauf, richtig gehandelt zu haben, um nicht bestraft zu werden. Ich ließ sie einfach stehen.

So schnell ich konnte, rannte ich zurück zum Stall, schwang mich auf den Pferderücken und folgte den frischen Spuren in den Wald hinein.

Nach ein paar Meilen, entdeckte ich sie endlich. Aber sie war nicht alleine.

Meine Mutter stand bei ihr und in einiger Entfernung konnte ich ein paar Wölfe erkennen, die ihre Blicke eisern auf sie richteten.

Ich rannte auf die Beiden zu und zog mein Schwert. Schützend stellte ich mich vor sie.

„Was soll das? Nimm dein Schwert weg!" raunzte mich Stella an.

„Nein! Siehst du denn nicht, wie sie dich ansehen?"

„Doch, aber im Gegensatz zu dir kann ich sie auch hören und sie finden es nicht sehr nett, was du da gerade machst."

Unsicher blickte ich meine Mutter an, die nun auf mich zukam und mir die Hand auf die Schulter legte.

„Lass es gut sein, Schatz. Sie kriegt das schon hin."

Ich ließ den Arm sinken und ging mit meiner Mutter ein Stück zurück, so dass wir hinter Stella standen, die mit ihrem Blick die Wölfe fixierte.

Sie wirkte hochkonzentriert.

Ich zählte achtzehn ausgewachsene Tiere, die nun langsam näherkamen. Ihr Fell hatten sie aufgestellt und einige der Wölfe knurrten leise.

Die Anspannung in mir wuchs. Ich konnte mich nicht mehr lange zurückhalten. Auf mich wirkte die Situation alles andere als entspannt.

Ich ging einen Schritt vor. Als Antwort darauf, zog mich meine Mutter wieder zurück.

„Sie schafft das. Hab Vertrauen."

Inzwischen hatten uns die Wölfe erreicht und umkreisten uns.

Stella schien ihre gesamte Aufmerksamkeit einem der Wölfe zu schenken, der nun direkt vor ihr stand und sie mit eisernem Blick durchbohrte.

Es war kaum auszuhalten. Ich packte den Griff meines Schwertes und wurde unverzüglich von zwei Wölfen angefletscht, die sich vor mir aufbäumten.

Ich ließ das Schwert fallen und sie beruhigten sich sogleich wieder.

Plötzlich rannten die Tiere davon. Alle bis auf den einen, der vor Stella stand.

Er hatte die Ohren inzwischen angelegt und saß vor ihr.

Stella schwankte ein wenig, doch ich wollte keinen Fehler begehen und mich lieber noch zurückhalten.

Im nächsten Moment trottete auch der letzte Wolf davon und Stella sackte zusammen.

Meine Mutter und ich eilten zu ihr und stellten erleichtert fest, dass sie schon wieder blinzelte.

„Stella, mo Chroi, geht's dir gut?" fragte ich sie.

„Ja, alles in Ordnung. Die Wölfe werden uns helfen."

„Wieso machst du nur immer solche Dummheiten? Du weißt, dass es gefährlich war, hierher zu kommen."
Stella wandte sich aus meinen Armen und richtete sich auf, um mir in die Augen blicken zu können.

„Du hast vergessen, wer hier vor dir sitzt. Ich bin es, die mit den Wölfen sprechen kann und ich bin es, die laut eurer komischen Prophezeiung die Völker einen wird. Aber ich bin es nicht, der andere einsperrt und zum Schlafen zwingt! Ich bin echt sauer auf dich!"

„Du hast ja Recht und es tut mir leid, dass ich das getan habe. Ich wollte dich nur beschützen. Ich mache mir permanent Sorgen um dich und ich habe Angst. Ich will dich nicht verlieren."
Ihr Blick war eisern, doch ihre bebenden Lippen verrieten, dass sie ihre Wut nicht mehr lange aufrecht halten konnte.

„Das weiß ich doch. Und dennoch war es nicht richtig. Du hast mich eingesperrt und mich betäubt. Wie …"
Ihre Stimme brach.

Sie musste diesen Satz nicht beenden. Ich wusste genau, wen sie meinte. Tränen kullerten ihre Wangen hinunter, bevor sie den Kopf wegdrehte.

„Schatz, mo Chroi. Ich bin nicht Jaru! Ich liebe dich und ich war ein Vollidiot, dir das zuzumuten. Es tut mir leid, wirklich.

Ich habe in dem Moment nur an mich gedacht, weil ich Angst um dich hatte und dabei völlig vergessen, wie es dir damit gehen würde."

Sie drehte sich zu mir um und rang sichtlich nach Fassung.

„Du weißt nicht im Geringsten, wie das für mich war! Er hat mich tagelang ans Bett gefesselt, ich lag in meinem Urin, wurde von ihm begrabscht und geschlagen."

Ich wusste, dass es irgendwann so weit war und sie mir davon erzählen würde. Aber es war hart, es so direkt und auf diese Art von ihr zu hören.

Ich nahm sie in die Arme und hielt sie fest, während sie schluchzte und zitterte.

Ich begann unser Lied zu summen, als sie sich plötzlich losriss und ihre Ohren zuhielt.

Sie schüttelte den Kopf und ich verstand, dass sie diese Melodie auch mit Jaru in Verbindung brachte.

Dieses Schwein!

Ich konnte nicht leugnen, wie sehr ich mich nun darauf freute, ihm endlich gegenüberzustehen.

Er würde büßen, für alles was er Stella angetan hatte.

„Schschsch, ist gut. Nimm die Hände runter. Ich summe nicht mehr."

Stella war wohl an dem Punkt angekommen, an dem sie ihre wahre Verfassung nicht mehr verbergen konnte.

Die Ereignisse der letzten Wochen schlugen mit einem Mal alle auf sie ein und jeglicher Versuch von ihr, die Fassung zu erlangen, schlug fehl. Ich konnte nichts tun, außer für sie da zu sein und abzuwarten.

„Komm, wir gehen nach Hause."

Meine Mutter half mir, Stella aufs Pferd zu setzen und hielt die Zügel fest, während ich mich hinter Stella aufs Pferd schwang.

„Erzählst du mir nachher, was der Wolf gesagt hat?"

Sie nickte und drückte ihren zitternden Körper an mich.

Stella

Ich konnte Brian nicht lange böse sein. Er war immer für mich da. Ich verstand ihn irgendwie und dennoch hoffte ich, dass er mir so etwas nie wieder antun würde.

Ich hatte nach dem Gespräch mit den Wölfen völlig die Fassung verloren. Die gesamte Wucht der Erlebnisse mit Jaru prasselte auf mich ein. Ich war nicht mehr in der Lage, meine Gefühle zu kontrollieren und die schrecklichen Erinnerungen auszublenden.

Doch es war gut. Ich fühlte mich besser, nachdem ich eine gefühlte Ewigkeit geheult und geschluchzt hatte.

Erst kurz vorm Pferdestall gelang es mir, wieder klar zu denken und meine Emotionen zu kontrollieren.

Armer Brian, dass er mich so sehen musste. Er war schon sauer genug auf Jaru, ganz zu Schweigen das schlechte Gewissen, welches er hatte, weil er das Geschehene nicht verhindern konnte.

Ich ließ mir von Brian runter helfen und wartete, bis er die Pferde abgesattelt hatte.

Brida blieb im Stall, um die Tiere zu versorgen und ich ging mit Brian zurück in mein Zimmer.

„Geht's wieder?" fragte er.

„Ja. Sorry. Ich wollte nicht, dass du mich so siehst."

Ich wand den Blick ab.

„Nein Schatz. Es ist ok so. Ich bin froh, dass es endlich raus ist. Du musstest es rauslassen. Wenn du bereit dazu bist, werde ich dir zuhören."

„Danke. Aber fürs Erste hab ich genug davon. Ich erzähl dir lieber, was die Wölfe gesagt haben."

„Tu das. Ich bin schon ganz neugierig"

Wir setzten uns aufs Bett und Brian nahm meine Hände, während ich erzählte.

„Zuerst waren die Wölfe recht unsicher. Sie wussten wer ich bin und sie wussten auch über Miro und Selas Bescheid. Allerdings war ihnen auch bewusst, dass nicht wir die Schuld für ihren Tod tragen. Sie haben schon länger ein Auge auf Jaru und seine Truppen geworfen, da auch unter ihnen mehrere Tiere den Tod durch Jarus Anhänger fanden. Als du dazukamst, merkten sie deine Anspannung. Deshalb waren auch sie kurz etwas nervös. Aber ich konnte sie schnell beruhigen. Ich erzählte ihnen von deinem Großvater und dass du ein guter Herrscher werden wirst, der auch gerecht zu ihnen sein wird. Sie werden noch ein paar verstreute Rudel und Einzelgänger zusammentrommeln und sich dann auf den Weg zu uns machen."

„Aber das ist ja großartig!" freute sich Brian.

„Wir werden dennoch nicht genug sein" mutmaßte ich.

„Irgendwie bekommen wir auch das hin!"

Er war so gut darin, andere aufzubauen. Wie schaffte er es nur, immer so optimistisch zu bleiben?

Ich drückte ihm einen langen Kuss auf den Mund, bevor ich meinen Kopf auf seinen Schoß legte und meine brennenden Augen schloss.

Brian fuhr mir sanft mit den Fingerkuppen über die Wangen und spielte mit meinen Haaren.

In kürzester Zeit war ich eingeschlafen.

Brian

„Sie sind da!" schrie Stella und riss mich damit aus dem Schlaf.

„Was ist los?"

Ich musste mich erst sammeln.

„Jaru. Er ist hier."

„Bist du sicher? Vielleicht hast du nur geträumt. Es ist mitten in der Nacht."

„Wie sehr vertraust du mir?"

„Also gut. Was hast du gesehen?"

Ich streckte meine Glieder und sprang aus dem Bett.

„Er befindet sich gerade auf der Rückseite. Ein paar seiner Männer sind bei ihm. Aber wo die anderen sind, weiß ich nicht. Er will zum Fenster hinein."

„Soll er nur kommen!"

Ich rieb mir die Hände.

„Stella, wartest du bitte hier? Ich gehe zu meinem Großvater und trommle die Truppen zusammen."

„Fünf Minuten?"

„Sehr witzig. Nein. Solange es eben dauert. Die Wachen werden auf dich aufpassen."

Sie verzog das Gesicht.

„Pass auf dich auf."

„Mach ich. Und du mach keine Dummheiten, ja?"

Sie zuckte mit den Schultern.

Ich drückte ihr einen schnellen Kuss auf die Wange und stürmte aus dem Zimmer.

16

Es war dunkel und ruhig im Haus. Ich rannte, so schnell ich konnte, zu meinem Großvater, weckte ihn auf und berichtete von Stellas Vision. Er sprang ebenfalls sofort auf und innerhalb kürzester Zeit, waren sämtliche Wachen und Krieger in Kampfmontur in der großen Halle versammelt.

Mein Großvater wirkte äußerlich sehr ruhig und zuversichtlich, doch ich konnte fühlen, wie sehr auch er sich vor dem, was nun kam, fürchtete.

Meine Mutter und die anderen Frauen sollten sich in die Kapelle begeben, um dort Schutz zu finden.

Jeder Sidhe, der auch nur etwas auf unsere Traditionen gab, würde es nicht wagen, den Frauen dort etwas anzutun.

Ich schickte eine der Wachen los, um auch Stella dorthin bringen zu lassen.

Ein Teil der Krieger wurde von meinem Großvater, mit Pfeilen bewaffnet, auf dem Dach postiert, während ein paar andere im Schloss patrouillieren sollten. Die restlichen Sidhe gingen mit uns nach draußen.

Auch hier schien zunächst alles ruhig zu sein.

Doch die Idylle war trügerisch.

Am Horizont konnte man eine breite Linie Kämpfer erkennen, die regungslos dazustehen schienen.

„Naré!" befahl der König und sogleich flammte das Gras auf und bildete einen schützenden Kreis um uns und das Gebäude herum.

Wir warteten angespannt darauf, dass die Sidhe etwas unternahmen, dass sie zum Angriff ansetzten. Doch es geschah nichts.

Plötzlich durchbrach die Wache, die ich vorhin nach Stella geschickt hatte, die Reihen und verkündete völlig außer Atem, dass sie verschwunden war.

Mein Großvater nickte mir zu und sogleich stürmte ich hinein, um nach ihr zu suchen.

Ich war außer mir vor Sorge und ärgerte mich schon wieder darüber, dass ich sie alleine gelassen hatte.

Die drei Wachen, die vor ihrem Zimmer postiert waren, lagen regungslos am Boden.

Ich fühlte ihren Puls und war erleichtert, dass sie am Leben waren.

Als ich in ihr Zimmer kam, fand ich es tatsächlich leer vor.

Ich suchte nach Anzeichen für einen Kampf, doch ich konnte zunächst nichts entdecken.

Ich lief zum Fenster, um hinauszusehen, doch auch hier – nichts.

Als ich wieder aus dem Zimmer lief, entdeckte ich mehrere kleine Blutflecken.

Das Herz rutschte mir in die Hose.

War das sein Blut oder ihres? Ich hoffte ersteres war der Fall.

Ich hetzte durchs komplette Gebäude, doch egal wo ich auch hinlief, ich fand weder weitere Blutstropfen, noch eine Spur von Stella oder Jaru.

Am Rande der Verzweiflung stürmte ich wieder hinaus zu meinem Großvater, der sein Schwert festumklammert hielt und eisern in die Dunkelheit starrte.

Die Krieger waren nähergekommen und nun konnte man auch deutlich erkennen, wie viele es waren.

Wir waren chancenlos.

Stella

Ich stand bereits hinter der Türe und hielt meinen Dolch in der richtigen Position, als sie auch schon aufschwang.

Ich holte aus, doch konnte ich nichts ausrichten, da Jaru bereits meine Hand mit eisernem Griff festhielt und in meine Richtung drehte.

„Du tust dir nur selbst weh Schätzchen, siehst du?"

Ich fühlte, wie die Dolchspitze in meinen Oberschenkel stach und öffnete die Hand, um ihn fallen zu lassen.

„Verschwinde!" fauchte ich ihn an.

„Aber aber. Stella, freust du dich denn gar nicht, mich zu sehen? Och sieh nur, was du angerichtet hast. Der schöne Fußboden."

Dann packten mich zwei seiner Männer.

Jaru lachte sein höhnisches Lachen, während die Beiden mich fesselten und hob den Dolch auf, den er mir sogleich an den Hals hielt.

„Nur ein Piep von dir und das wars für dich. Verstanden?"

Ich nickte vorsichtig und ließ mich anschließend von Jaru aus dem Zimmer schieben.

Den Dolch spürte ich nun im Kreuz. Ich brauchte ganz schnell eine gute Idee.

Ich versuchte, mich auf die Wölfe zu konzentrieren, doch es gelang mir nicht, da Jaru mich offenbar durchschaute.

Jedes Mal, wenn ich die Augen schloss, schubste er mich oder machte einen Schlenker.

„Wo gehen wir hin?" fragte ich leise.

„Ich hatte dir doch vorhin gesagt, dass du still sein sollst! Also halt den Mund. Du wirst schon noch sehen wo wir hingehen."

Wir liefen den Gang entlang, der vor kurzem noch blumig duftend zu meiner Verlobungsfeier führte.

Oh Brian. Wenn du doch nur hier wärst. Oder vielleicht auch nicht.

Ich war hin- und hergerissen zwischen *Brian rette mich* und *Brian bring dich in Sicherheit*.

Jaru schubste mich an dem großen Saal vorbei und um die Ecke, bis wir schließlich zu einer Treppe gelangten, die wir hinunterstiegen.

Diese Treppe lief nicht, wie die Haupttreppe, außen entlang, sondern befand sich in einer Art Turm und erinnerte mich an die unendlich scheinenden Treppenstufen der heimischen Kirchtürme.

Die Stufen waren schlicht, hölzern und knarzten bei jedem Schritt.

Die Treppe schien nur entlang der äußeren Wand gehalten zu werden und verursachte mir ein ziemlich mulmiges Gefühl.

Wenigstens hielt mich Jaru nun fest. So konnte ich immerhin nicht abstürzen.

Meine Situation schien abermals aussichtslos und doch hatte ich dieses Mal einen kleinen Hoffnungsschimmer.

Brida war bestimmt in Sicherheit und Brian und Ethuriel waren ebenfalls erstmal gut aufgehoben, solange Jaru mit mir beschäftigt war.

Genau! Ich musste ihn ablenken. So konnte ich Zeit schinden.

Ich konzentrierte mich auf meine Schritte und nach der elften gemeisterten Stufe, stolperte ich.

Jaru hielt mich eisern fest, sodass ich nicht fiel und raunzte mich an, dass ich gefälligst schauen sollte, wohin ich trat.

Prima. Er hatte also keinen Verdacht geschöpft.

Nach weiteren vierzehn Stufen ließ ich mich abermals stolpern, allerdings gelang es mir dieses Mal nicht, die Balance zu behalten, da ich blöd mit der Ferse aufkam und rutschte.

Jaru, der offenbar überhaupt nicht damit gerechnet hatte, fiel mit mir die Treppe hinunter.

Nach einigen Stufen blieb ich liegen, während Jaru sich bereits kurz vorher gefangen hatte.

So war das nicht geplant. Ich hatte mir bestimmt den Knöchel verstaucht, ganz zu schweigen von meinem schmerzenden Kopf, den ich dank der zusammengebundenen Hände ja nicht schützen konnte.

Lautstark fluchte ich vor mich hin, bis Jaru mich auf die Beine zog, um mir mit voller Wucht ins Gesicht zu schlagen.

„Mach das noch einmal und du stehst nicht mehr auf! Verstanden?"

Er hatte also doch geahnt, dass ich absichtlich stolperte.

Mit dröhnendem Kopf stiegen wir die letzten Stufen hinab, bis wir schließlich im Dunkel der Nacht standen.

Als sich meine Augen endlich an das fahle Mondlicht gewöhnten, versuchte ich mir einen Überblick zu verschaffen.

Eine Flucht würde mir nicht gelingen, soviel stand schonmal fest. Hinter uns befand sich das große Gebäude der Sidhe, am Horizont, konnte man den Waldrand erkennen und vor uns lag einfach nur nichts.

Der Himmel war inzwischen sternenklar, nichts war mehr zu sehen von den dunklen Regenwolken, die vorhin noch strömendes Nass auf die Erde gossen.

Jaru zerrte mich am Gemäuer entlang, um offenbar zur Vorderseite zu gelangen.

Ich roch den Duft verbrannter Gräser und sah auch bald, woher er kam.

In der Ferne konnte ich einen brennenden Streifen erkennen.

Rechts davon, vor dem Gebäude, standen wohl meine Sidhe, von denen ich nur schemenhafte Umrisse erkennen konnte.

Auf der anderen Seite konnte ich eine große Menge der anderen Sidhe ausmachen. Sie standen regungslos vor dem Waldrand und schienen auf Jarus Befehl zu warten.

Jaru zerrte mich weiter und bohrte mir nun wieder das Messer in den Rücken.

„Ein Ton Kleines, dann mach ich kurzen Prozess!" ermahnte er mich.

Ich dachte daran, trotzdem zu rufen.

Ich konnte mir nicht vorstellen, dass er mir tatsächlich ernsthaft schaden wollte. Einst war er doch verliebt in mich.

Doch andererseits, war ich auch nicht sicher, ob ich laut genug schreien konnte, um Brian und die Anderen warnen zu können.

„Du bist ein Verräter deines eigenen Volkes und ein riesen Arschloch!" bluffte ich Jaru an.

„Halt deinen Mund, habe ich gesagt" raunzte er zurück und drehte das Messer an meinem Rücken.

„Wieso? Du kannst mich doch auch gleich töten. Jetzt und hier. Mach doch. Oder traust du dich etwa nicht?"

Jaru schubste mich plötzlich zu Boden und kniete über mir, als ich das Messer nun an meiner Kehle spürte.

Ich provozierte ihn weiter.

„Na mach schon! Ich fürchte mich nicht vor dir und auch nicht vor dem Tod! Worauf wartest du?"

Seine Augen funkelten vor Zorn. Doch er ließ von mir ab.

„Migane, Folbrid, hebt sie auf und haltet sie fest!"

Die beiden Sidhe packten mich und zerrten mich auf die Beine, bis ich schließlich direkt vor Jaru stand.

Ich spuckte ihm vor die Füße.

Er nahm das Messer und fuhr damit erst meine Wange entlang, streifte mein Schlüsselbein und verpasste mir schließlich einen langen Schnitt quer über mein Dekolleté.

Ich presste meine Lippen zusammen und biss so fest ich konnte auf meine Zähne, um den Schrei zu unterdrücken, der aus meiner Kehle kriechen wollte.

Als er fertig war, wischte er das Blut vom Dolch an meinem Ärmel ab, drehte sich um und lief auf den Feuerstreifen zu.

Ich stöhnte kurz auf und ließ mich von den anderen Beiden hinter Jaru herzerren.

Brian

Jarus Männer regten sich kaum. Offenbar warteten sie auf irgendetwas – oder auf wen.

Oh nein, schoss es mir durch den Kopf. Wenn nun Jaru nicht bei seinen Anhängern war und Stella nicht in ihrem Zimmer.

Mir schwante Übles.

Ich blickte mich immer wieder suchend um, doch ich konnte weder Jaru, noch Stella irgendwo erkennen.

Ich verfluchte diesen Mistkerl. Ich konnte es kaum erwarten, ihm endlich gegenüber zu treten. Er würde büßen für alles, was er ihr angetan hatte.

Auf einmal konnte ich Stellas Nähe spüren. Wieder blickte ich mich um, aber dieses Mal konnte ich in der Ferne mehrere Gestalten erkennen.

Ich sah eine Person, welcher drei weitere Personen folgten.

Ich versuchte angestrengt, jemanden zu erkennen, aber ich ahnte bereits, wer von ihnen Jaru war und wusste nun auch, dass Stella diejenige war, die hinter ihm in der Mitte lief.

Wobei laufen sicherlich nicht das passende Wort hierfür war. Es schien vielmehr, als würde sie von den Beiden anderen gezogen oder gezerrt werden.

Mein Blut fing an zu brodeln. Ich umklammerte den Griff meines Schwertes und wollte gerade losstürmen, als mein Großvater mich an der Schulter packte.

„Warte Junge, wir dürfen jetzt keine Fehler machen."

„Aber er hat Stella!" protestierte ich, während ich seine Hand abschüttelte.

„Ich weiß. Ich sehe sie auch. Aber wenn du jetzt unüberlegt handelst, könnte das uns allen schaden."

Ich wusste, dass er Recht hatte, doch ich konnte und wollte nicht zusehen, wie Jaru Stella abermals in seiner Gewalt hatte.

„Es tut mir leid" erklärte ich mich und rannte Jaru entgegen.

17

Ich rannte direkt auf Jaru zu, der mich inzwischen entdeckt hatte und wider meiner Erwartung stehen blieb. Er hob den rechten Arm und sofort stürmte seine Armee direkt auf meinen Großvater und die anderen zu.

Für einen kurzen Moment dachte ich daran, umzukehren, um ihnen zu helfen, doch ich musste erst Stella in Sicherheit bringen.

Ich blickte kurz zu Stella, um einen Eindruck über ihre Verfassung zu gewinnen.

Sie schien ok zu sein, zumindest wehrte sie sich gegen ihre Peiniger. Im Nachtlicht war es mir nicht möglich mehr zu erkennen.

Kurz bevor ich bei Jaru ankam, hörte ich hinter mir die Klingen der Sidhe aufeinandertreffen. Jaru befahl seinen Männern, Stella festzuhalten und zielte mit seinem Säbel in meine Richtung. Ich drehte mich nicht mehr um, fixierte Jaru und zog ebenfalls mein Schwert.

Stella schrie. Doch auch für sie hatte ich jetzt kein Gehör.

Endlich konnte ich Jaru zur Strecke bringen. Der Durst nach Rache war momentan alles, was ich fühlte.

Ich schlug mehrmals mit meinem Schwert auf Jaru ein, der allerdings hervorragend konterte und geschickt auswich.

Er grinste selbstgefällig und verhöhnte mich als unwürdig und unrein. Meine Wut stieg ins Unermessliche.

Immer stärker schlug ich zu, doch er war einfach zu wendig.

Einmal traf ich ihn am rechten Oberarm, kassierte dafür aber einen Hieb gegen die Wade.

Ich musste meine Taktik ändern.

Ich versuchte es nun anders. Ich wartete darauf, dass er zuschlug, konterte den Angriff und versuchte ihn dann mit einem Bein zu Fall zu bringen.

Doch mein Plan ging nicht auf und so war ich es, der schließlich am Boden lag.

Mein Schwert lag gleich neben mir.

Während ich danach griff, bohrte mir Jaru sein Schwert ganz langsam und schmerzhaft zwischen die Rippen.

Stella kreischte inzwischen hysterisch, doch sie musste sich nicht sorgen.

Jetzt hatte ich alles unter Kontrolle.

Ich packte meinen Schwertgriff und stach zu.

Jaru ließ von mir ab, die Hände nun an meinem Schwert, um es aus seiner Seite zu ziehen.

Dann stand er auf und taumelte Stella entgegen.

Ich rappelte mich auf und stolperte hinterher. Doch nun war ich nicht schnell genug. Jaru entfaltete seine Flügel, schnappte Stella und hob ab. Er steuerte nun seine Gefolgschaft an und landete direkt hinter ihnen am Waldrand.

Seine beiden Begleiter zogen ihre Waffen und stürmten mir mit erhobenen Klingen entgegen.

So gut es ging, wehrte ich die Beiden ab, doch lange konnte ich ihnen nicht standhalten.

Plötzlich bekam ich Unterstützung.

Jedoch traute ich meinen Augen nicht. Meine Mutter sollte bei den anderen Frauen in der Kapelle warten. Nun war sie hier und kämpfte mit mir.

Geschickt wich sie den Hieben unserer Angreifer aus, tänzelte um sie herum, verwirrte sie.

Sie machte das wirklich gut.

Ich war so gebannt, dass ich beinahe den nächsten Angriff nicht mehr rechtzeitig hätte abwehren können.

Wild entschlossen fixierte ich nun nur noch meinen Gegner, um ihn mit mehreren Stößen endlich zu Fall zu bringen.

Ich stand über ihm, meine Klinge an seinem Hals.

Doch jetzt zögerte ich, konnte mich nicht überwinden, seinem Leben ein Ende zu setzen.

Wie sich herausstellte, musste ich das auch gar nicht.

Meine Mutter versetzte ihm mit einem Dolch einen Stich mitten durch die Luftröhre.

Völlig perplex sah ich zu, wie das Blut aus seinem Mund und den Hals hinunterlief. Er japste noch einmal nach Luft bevor er regungslos und mit weit aufgerissen Augen liegen blieb.

„Komm Schatz, Stella ist bei ihm" rief sie mir zu und war auch schon losgelaufen. Sie steuerte geradewegs auf die Krieger zu, die sich mit Großvater und den anderen Sidhe ein

fürchterliches Gemetzel lieferten.

Ich spurtete ihr hinterher.

„Mom, halt! Bitte bleib stehen." rief ich ihr nach.

„Mom!"

Endlich drehte sie um.

„Was ist denn Brian? Wir müssen Stella helfen."

„Jetzt warte mal kurz. Was sollte das gerade? Du hättest verletzt werden können oder schlimmer noch – getötet."

„Ach Quatsch. Hast du gesehen, wie ich sie fertig gemacht habe?"

„Das war tatsächlich beeindruckend. Wo hast du das gelernt? So kämpfen zu können; das dauert sicherlich Jahre. Aber spiel es bitte nicht runter. Ich mach mir schon Sorgen um Stella und die Anderen. Wie soll ich dich auch noch im Auge behalten können?"

Meine Mutter zog die Augenbraue hoch.

„Wer hat gerade wen gerettet?"

Ich verzog das Gesicht.

„Also, dann sind wir uns ja einig. Ich kämpfe. Dein Vater hat es mich gelehrt. Und jetzt hör zu. Ich hab einen Plan. Jaru schien verletzt zu sein. Im schlimmsten Fall, wird er mit Stella abhauen"

„Das ist er. Ich hab ihm mein Schwert in den Bauch gestoßen. Doch ich werde nicht zulassen, dass er mit ihr davonkommt" unterbrach ich sie.

„Willst du mir jetzt zuhören?"

„Ja, ok. Ich bin still"

„Wenn er flüchtet, wäre das sogar sehr vorteilhaft für uns. Seine Anhänger werden ohne Anführer sicherlich schnell aufgeben und somit hätten wir den Krieg vor unserem Tor erstickt. Jaru könnten wir dann den Wölfen überlassen. Sie werden bestimmt bald eintreffen und wenn sie da sind, wird es kein Problem für sie sein Jarus Fährte zu folgen."

Meine Mutter wartete auf eine Reaktion und schien tatsächlich davon überzeugt zu sein, dass ihr Plan aufging. Aber sie hatte ein wichtiges Detail übersehen.

„Na gut Mom, aber was machen wir, wenn Jaru mit Stella nicht zu Fuß flüchtet? Hast du vergessen, dass er Flügel hat?"

„Dann müssen wir ihm die Flügel eben nehmen"

Sie war tatsächlich sehr von sich und ihrem Plan überzeugt.

„Jetzt komm schon, wir schleichen uns von Hinten an ihn ran. Geht es mit deiner Verletzung?"

„Ja, alles gut. Ich folge dir."

Wir rannten in den Wald und verlangsamten dann unsere Schritte, um uns ihm leise zu nähern.

Meine Verletzung schmerzte zunehmend, doch ich durfte jetzt nicht aufgeben. Nicht jetzt, wo ich kurz davor war, diesem Stück Dreck endlich den Garaus zu machen.

Stella

Ich wehrte mich mit aller Kraft gegen Jaru, doch trotz seiner Stichverletzung war er stärker.

Im Gegensatz zu mir, war er auch nicht gefesselt.

Er blutete stark, was ihn jedoch nicht zu stören schien.

Vermutlich war er so voller Adrenalin, dass er keinen Schmerz spürte.

Ich blickte zu den Sidhe, die vor uns einen blutigen Kampf austrugen. Wohin ich auch blickte, sie alle schlugen und stachen aufeinander ein, wie ich es vorher nur in Filmen gesehen hatte.

Die Schreie und Gefechtgeräusche der Krieger gingen mir durch Mark und Bein.

Jaru stand einfach nur da und hielt mich fest umklammert, während seine Anhänger bereit waren, für ihn in den Tod zu gehen.

Irgendwie kam ich mir tatsächlich vor, als würde ich eine Rolle in einem Film spielen. Alles hier wirkte so unreal. Es war so unlogisch, dass heutzutage noch mit Schwertern aufeinander losgegangen wurde wie im Mittelalter.

Ich schüttelte den Kopf, um meinen Verstand zu schärfen.

Ich durfte jetzt nicht abschweifen.

Irgendwie musste ich mich von Jaru befreien und zusehen, dass Brian, seiner Mutter und Ethuriel nichts geschah.

Wo blieben nur die Wölfe?

James wollte uns auch zu Hilfe kommen und von den Sidhe aus dem Norden gab es auch keine Spur.

Ich entdeckte Ethuriel ziemlich mittig in einen beeindruckenden Zweikampf verwickelt.

Als ich mich auf den Widersacher konzentrierte, erkannte ich meinen Peiniger wieder, der mich vor Jaru entlarvt hatte.

Ihm geschah es gerade Recht, jetzt dem König im Kampf gegenüber zu stehen.

Er war eindeutig chancenlos.

Ethuriel war ein imposanter Schwertkämpfer. Er führte seine Hiebe mit Bedacht aus und verlieh seinen Stößen eine Eleganz, als ob er tanzen würde.

Es schien, als ob es ihn überhaupt keine Anstrengung kostete.

Er musste nur wenige Male ausholen und schon bohrte er die lange, leicht gebogene Klinge tief in den Brustkorb des Sidhe.

Ich musste kurz wegsehen, doch ich konnte meinen Blick nicht lange von Ethuriel lassen.

Er steuerte bereits den nächsten feindlichen Sidhe an, den er ebenso schnell und geschmeidig besiegte. Jaru musste bemerkt haben, wie beeindruckt und gebannt ich war, sonst hätte er mich nicht gefragt, wie lange Ethuriel wohl brauchen würde, bis er bei uns angelangt war.

Ich hoffte, schnell. Doch geantwortet habe ich Jaru nicht.

Dennoch merkte ich eine Veränderung an ihm. Er wirkte nicht mehr ganz so siegessicher und schien nervös zu werden.

Seine Hände, fühlten sich schwitzig an und er verlagerte dauernd sein Gewicht von einem Bein zum anderen und umgekehrt.

„Jetzt bekommst du wohl Angst, du großer böser Jaru du"

ärgerte ich ihn.

„Halt den Mund! Ich habe etwas, dass sie nicht haben und wenn du es übertreibst, werde ich ganz schnell los, was ich da habe."

„Dann mach doch!" provozierte ich weiter.

„Nein, noch nicht. Momentan brauche ich dich noch. Wo ist dein Loverboy eigentlich hin?"

Jaru verunsicherte mich. Ich blickte einfach nicht durch. Was war ich nun für ihn? Ein Druckmittel, ein Lockvogel vielleicht?

Aber in einer Sache hatte er Recht. Brian war wie vom Erdboden verschluckt. Jetzt wurde auch ich noch aufgeregter, wie ich es eh schon war. Jaru hatte ihn verletzt und war dann mit mir hierher geflogen. Doch seither hatte ich Brian nirgends entdecken können.

Ich ließ meinen Blick wieder über das Schlachtfeld gleiten, doch hier war er sicher nicht dabei.

Ethuriel war inzwischen nähergekommen. Nur noch ein paar wenige Sidhe befanden sich zwischen ihm und uns. Er steuerte direkt auf uns zu und beseitigte einen Gegner nach dem anderen auf seinem Weg.

Ein lautes Grollen ließ die Sidhe für einen kurzen Moment innehalten. Von Norden her stürmten berittene

Sidhe aufs Schlachtfeld zu. Endlich war Unterstützung gekommen.

Jarus Truppen formierten sich nun neu, um sich an beiden Fronten verteidigen zu können.

Brian

„Versteckst du dich etwa?" fragte ich Jaru, als wir fast bei ihm waren.

Sichtlich überrumpelt drehte er sich zu uns um, Stella fest umklammernd. Er hielt ihr einen Dolch an die Kehle.

Ängstlich blickte sie mich an.

„Lass sie los!" befahl ich ihm.

„Nein! Verschwinde und nimm deine Mutter mit! Wenn du nicht folge leistest, wirst du Stella dabei zusehen, wie sie stirbt."

„Du willst ihr doch gar nichts tun. Eigentlich willst du doch meinen Großvater und mich. Also lass sie doch laufen und nimm mich an ihrer Stelle."

Jaru dachte kurz über meine Worte nach; seine Miene verriet es. Doch es änderte leider gar nichts.

„Waffen weg, sofort!"

Jaru verstärkte seinen Griff am Dolch, um seine Anweisung zu untermauern.

Ich war hin- und hergerissen. Ich war ihr zum Greifen nahe und doch könnte ich sie sofort wieder verlieren.

Ich ließ mein Schwert fallen und meine Mutter tat es mir gleich.

„Nein, Brian! Tu das nicht. Bitte mach dem jetzt ein Ende." forderte Stella mich auf.

„Ich kann nicht."

Wie aus dem Nichts tauchten nun auch die Wölfe auf, die Stella für die Sache gewinnen konnte.

Einige der etwa siebzig Tiere stürzten sofort aufs Feld, um unsere Leute zu unterstützen, ein paar wenige Tiere jedoch kamen zu uns und fletschten Jaru bedrohlich an.

Plötzlich veränderte Stella ihre Haltung. Sie wirkte entschlossen und ich konnte beinahe das lodernde Feuer in ihren Augen sehen. Mit einem großen Satz trat Stella Jaru auf den Fuß und holte mit ihrem Ellbogen aus, um ihn Jaru in den Bauch zu rammen.

Ich bückte mich bereits nach meinem Schwert, als ich mit ansah, wie Jaru ihr den Griff des Dolches mit Wucht auf ihren Hinterkopf schlug und sie schließlich zusammensackte.

Ich rannte mit gestreckter Klinge los, doch Jaru befand sich bereits zu weit oben, als dass ich ihn erreichen konnte. Voller Frust warf ich ihm mein Schwert hinterher, doch es verfehlte ihn knapp.

Die Wölfe versuchten ebenfalls durch Springen, an Jaru heranzukommen, doch auch sie mussten mitansehen, wie er mit Stella verschwand.

Wutschnaubend blickte ich meine Mutter an.

„Brian, sieh doch!" sagte sie plötzlich und zeigte nach oben.

Großvater schoss, mit angelegten Flügeln, wie ein Pfeil hinter Jaru her.

Na wenigstens einer aus meiner Familie konnte fliegen. Ich war sauer und frustriert.

Die Kämpfe der Sidhe ließen nun langsam nach. Jarus Männer gaben auf. Ihre Waffen ließen sie fallen.

Unsere Krieger, die Wölfe und die Sidhe aus dem Norden – alle gemeinsam - hatten sie eingekreist und ohne ihren Anführer war es die beste Vorgehensweise für sein Gefolge.

Ohne Widerstand zu leisten, ließen sie sich schließlich abführen.

Die Kerker waren für die nächste Zeit eindeutig überbelegt.

Ich betrachtete die vielen leblosen und wimmernden Sidhe, die verstreut auf der Erde lagen.

Einige Krieger wurden angewiesen, die Toten einzusammeln, während andere zuständig für die Verwundeten waren.

Sie wurden nach der Schwere ihrer Verletzungen verteilt und einige erlösten sie noch an Ort und Stelle von ihren Leiden.

Als Arzt war es eigentlich meine Aufgabe, mich ebenfalls um die Verletzten zu kümmern. Doch ich musste Stella finden.

Außerdem gab es hier genug heilkundige Sidhe.

„Brian, Schatz, alles ok?"

„Was soll diese bescheuerte Frage? Nichts ist ok und das weißt du auch. Wärst du nicht gewesen, hätte Jaru sie nicht mitgenommen!"

„Jetzt mach aber mal einen Punkt! Wäre ich nicht gewesen, wärst du jetzt tot! Dein Großvater wird sie finden."

„Und ich werde ihnen folgen. Mein Gesicht soll das letzte sein, welches Jaru erblicken wird"

„Ach ja und wie willst du das anstellen?"

Ihre Frage bekräftigte sie mit einem Hieb in meine Rippen, woraufhin ich mich krümmte vor Schmerz.

„Mom! Sag mal geht es noch? Was soll das?"

Ich rang nach Luft.

„Ich wollte dir nur vor Augen führen, in welch glänzender Verfassung du bist."

„Ich schaffe das schon" widersprach ich ihr.

„Du würdest es nicht mal in ihre Nähe schaffen. Lass dich bitte wenigstens zusammenflicken, bevor du eine Dummheit machst."

„Braucht ihr einen Heiler?" ertönte auf einmal eine bekannte Stimme.

„Oh James! Dich habe ich ja ewig nicht gesehen. Lass dich drücken. Wie geht es dir?"

„Hallo Brida, auch ich freue mich, dich zu sehen. Die Umstände sind zwar nicht die Besten, aber was macht das schon. Du siehst gut aus."

„Halloooo?" schaltete ich mich nun ein.

„Was wird das hier? Wollt ihr nun ein Kaffeekränzchen abhalten oder was habt ihr vor?"

„Entschuldige Brian, ich habe James nur so vieles zu verdanken."

Die Wangen meiner Mutter waren sichtlich errötet und auch James schien nervös zu sein. Was ging denn zwischen denen ab?

„Jetzt lass mal deine Verletzung sehn" forderte James mich nun auf und kam auf mich zu.

„Hier, halb so wild. Ist glatt durch gegangen. Nur Fleisch, keine Organe verletzt. Siehst du?"

Ich hob mein Hemd hoch, während er die Wunde begutachtete.

„Ja, das hast du richtig erkannt. Dennoch gehört die Verletzung gesäubert und genäht. Außerdem solltest du dich ausruhen, aber das muss ich dir ja nicht erklären, oder?"

Ich schüttelte mit dem Kopf.

„Beeil dich bitte, ich muss Stella und Großvater finden."

„Wo sind die Beiden denn? Sind sie nicht hier?"

„Jaru hat Stella mitgenommen und Ethuriel ist ihnen nach." antwortete meine Mutter an meiner statt.

„Oh, ich verstehe. Leg dich bitte hin. Ich sehe zu, dass ich schnell mache, allerdings halte ich es ebenso für eine schlechte Idee, den Beiden folgen zu wollen."

„Ich weiß schon, was ich tue. Fang bitte einfach an."

„Brida, würdest du mir bitte die sauberen Tücher und die grüne Tinktur aus meiner Satteltasche reichen?"

„Gerne."

James arbeitete gründlich und zügig. In wenigen Minuten war ich zusammengeflickt und verbunden worden, sodass ich endlich die Verfolgung aufnehmen konnte. Ich besorgte mir ein Pferd und ein neues Schwert und ritt den frischen Wolfsspuren nach.

Die wenigen Wölfe, die mit ihm kamen, schickte James los, während er mich verarztete, um Stella zu suchen.

Mit viel Glück, hatten die Tiere die Fährte aufgenommen und ich befand mich auf dem richtigen Weg.

Wenn nicht, hatte ich ein ernstzunehmendes Problem.

Jaru konnte überall sein und wer weiß, was gerade in ihm vor sich ging. Großvater hatte ihn ganz sicher bereits eingeholt. Ich durfte keine Zeit verlieren.

Ich folgte den Spuren etwa drei Meilen, bis ich feststellte, dass die Wölfe im Kreis liefen. Offenbar hatten sie tatsächlich keine Fährte aufgenommen.

Ich war also auf mich alleine gestellt.

18

Ich musste sie finden. Der Gedanke daran, sie für immer verlieren zu können, trieb mich beinahe in den Wahnsinn.

Als Stella zusammensackte, wäre ich Jaru am liebsten an die Gurgel gegangen. Jede Verletzung, egal ob körperlicher oder seelischer Natur, die er ihr zugefügt hatte, wollte ich ihm hundertfach zurückzahlen.

Meine Rippen schmerzten, aber dank James' Heilmittelchen, war es erträglich.

Ich stieg vom Pferd und überlegte, wie ich es neulich geschafft hatte, mich in Socke zu verwandeln.

Ich war emotional sehr aufgewühlt zu diesem Zeitpunkt, das Adrenalin kochte in meinem Blut und ich wusste, dass ich als Mensch chancenlos war.

Ich musste also versuchen, dieses Gefühl in mir hervorzurufen.

Stella

Ich hing weit über dem Erdboden in Jarus Armen, als ich wieder zu mir kam. Er flog sehr schnell und ruckartig.

Mein Kopf schien zerspringen zu wollen und mein Mageninhalt war kurz davor, sich zwangs zu entleeren.

Ich blinzelte mehrmals, bis die verschwommene Sicht etwas nachließ.

Jetzt konnte ich erkennen, wie hoch wir flogen. Das war eindeutig viel zu hoch. Ob Jaru mein Gewicht noch lange tragen konnte?

Nicht weit hinter uns, konnte ich Ethuriel erkennen, der die Verfolgung aufgenommen hatte.

Jaru flog wendig, schien aber nicht wirklich ein Ziel anvisiert zu haben.

Mal flog er eine Linkskurve, dann schlug er einen Haken, um kurz darauf nach rechts zu fliegen.

Nach ein paar Minuten, verloren wir etwas an Höhe.

Der Grund dafür war offensichtlich. Er hatte Schmerzen.

Mein Oberteil war inzwischen völlig mit Jarus Blut durchtränkt, ihm ging es zweifellos nicht besonders.

„Jaru, es hat doch keinen Sinn, was du da tust. Bitte lass es sein. Ergib dich! Ethuriel wird sich bestimmt gütig zeigen."

„Ruhe!"

„Jaru bitte, du bist verletzt. Willst du uns beide umbringen?"

„Wenn du nicht sofort still bist, lass ich dich los"

„Schön, dann bin ich dich wenigstens los!" stichelte ich.

Er lockerte kurz seinen Griff, packte mich dann aber wieder fester.

Sicherlich wollte er mir nur Angst einjagen, aber das war ihm geglückt.

Ich betrachtete die Umgebung unter uns und konnte in ein paar hundert Metern Entfernung den Steinkreis und Gwens alte Hütte ausmachen.

Der Abstand zu Ethuriel wurde nun auch stetig weniger, was daher rührte, dass Jaru die Kraft ausging und er langsamer flog.

Mir blieb momentan nichts anderes übrig, als abzuwarten, was als nächstes passierte. Zumindest dachte ich das, bis ich ein langgezogenes, sehnsüchtiges Heulen hörte.

Brian

Ich schüttelte mein Fell und reckte den Kopf zum Himmel.

Alle sollten hören, was ich zu sagen habe und alle sollten sie wissen, dass ich hier war.

Es dauerte nicht mal zehn Sekunden, bis mir andere Wölfe und Gestaltwechsler antworteten.

Es war einfacher als ich dachte, diese Gestalt anzunehmen.

Nicht mehr lange und ich konnte endlich bei ihr sein. Ich schloss die Augen und konzentrierte mich.

Sofort rannte ich los.

Während ich lief, konnte ich Stella deutlich spüren. Je näher ich war, umso intensiver fühlte es sich an. Ich empfand ihre Furcht, ihren Schmerz und eine große Hoffnungslosigkeit, die sich in ihr breit machte.

Ich kam schnell näher und endlich sah ich sie auch.

Jaru flog ziemlich zackig und schien kräftemäßig stark abzubauen. Stella hing komisch in seinen Armen und Großvater hatte die Beiden beinahe eingeholt.

Jaru befand sich inzwischen ziemlich genau über dem Steinkreis, als Ethuriel ihn erreichte.

Er zog sein Schwert, um auf Jaru einzuschlagen, als dieser plötzlich die Arme hob und Stella einfach fallen ließ.

Mit aller Kraft hetzte ich zur Stelle, wohl wissend, dass ich ihr vermutlich nicht helfen konnte. Einen Sturz aus dieser Höhe konnte niemand überleben.

Mein Großvater reagierte jedoch blitzschnell und ließ von Jaru ab, um Stella aufzufangen.

Ihr greller Schrei klingelte in meinen Ohren.

Etwa zehn Meter über dem Erdboden fing er sie schließlich auf und landete behutsam.

Ganz vorsichtig legte er sie ab, um sofort wieder gen Himmel zu preschen.

Ich war bereits fast angekommen, als mir bewusst wurde, dass ich gar nicht wirklich ich war.

Doch ich konnte mich momentan nicht zurückverwandeln. Irgendwas blockierte mich.

Ich trottete auf Stella zu und stupste sie mehrmals mit der Schnauze an, bevor sie reagierte.

Als sie mich schließlich ansah, brach sie in Tränen aus.

Ich winselte, versuchte sie mit tröstenden Worten zu beruhigen.

„Machst du mich bitte los. Mit den Fesseln bin ich nicht in der Lage etwas zu unternehmen" bat sie mich.

„Klar" antwortete ich in Gedanken und machte mich gleich daran, ihre Fesseln zu zerbeißen.

„Danke Schatz."

Sie legte ihre Arme um meinen Hals und drückte ihr Gesicht in mein Fell, bevor sie im nächsten Moment aufstand, um das Spektakel am Himmel zu verfolgen.

Ethuriel lieferte sich inzwischen ein Duell mit Jaru in schwindelnder Höhe.

Sie umkreisten sich, schienen aufeinander einzuschlagen.

Jaru entkam zwischendurch kurzzeitig, um direkt von Ethuriel eingeholt und abermals attackiert zu werden. Mein Großvater hatte die meiste Zeit die Oberhand, doch Jaru war trotz seiner Verletzung wendig und so gelang ihm ebenfalls der ein und andere Treffer.

Gebannt starrten wir nach oben und hofften darauf, dass mein Großvater Jarus Treiben endlich ein Ende setzte.

Stella

Ich konnte den Blick nicht abwenden. In meiner Vision sah ich Ethuriel, wie er von Jarus Schwert durchbohrt wurde.

Jetzt lieferten sich die Beiden einen Kampf in luftiger Höhe und niemandem war es möglich einzugreifen.

Brian war wieder Socke, doch momentan störte es mich nicht.

Ich konnte ja nun mit ihm kommunizieren. Wichtig war, dass er wohlauf war und hier bei mir.

Als Mensch hätte er mich niemals finden können.

Ich betrachtete ihn für einen kleinen Moment. Angespannt starrte er in den Himmel und verfolgte das Duell.

Sicherlich wäre er jetzt gerne an Ethuriels Stelle gewesen.

Doch es war ihm nicht vergönnt. Beinahe tat es mir leid, dass nicht Brian derjenige sein sollte, der Jaru ein für alle Mal loswurde.

Als ich mir über meine Gedanken bewusst wurde, schauderte ich. War es inzwischen so weit gekommen, dass ich einem anderen Lebewesen den Tod wünschte?

Ich hasste ihn, er hatte es verdient zu büßen. Aber sterben um meinetwillen?

Lieber er als Ethuriel, dachte ich im nächsten Moment und vergrub meine Hand in Brians zotteligem Fell.

Er schien mich anzulächeln, drehte den Kopf aber gleich wieder zum Himmel.

Ethuriel hatte Jaru gerade am Flügel getroffen, woraufhin er ein paar Meter unkontrolliert hinab segelte.

Ethuriel preschte hinterher, um ihm einen weiteren Hieb zu verpassen. Er packte Jaru am verletzten Flügel und bohrte seine Klinge tief in dessen Bauch.

Jarus Kopf fiel kurz nach hinten, doch im nächsten Moment holte er aus und stach ebenfalls zu.

Wie eine Schraube drehten sie sich miteinander in der Luft, bevor sie zusammen auf die Erde stürzten.

Ich lief so schnell ich konnte zur Absturzstelle, doch Brian war schneller.

Er war völlig außer sich, verbiss sich sofort in Jarus Fleisch.

Keine drei Sekunden später, näherten sich die anderen Wölfe und gemeinsam stürzten sie sich ebenfalls auf Jaru.

Sie zerfleischten ihn regelrecht.

Ethuriel lag etwa fünf Meter entfernt und rührte sich nicht.

Als ich endlich bei ihm ankam, erkannte ich das Ausmaß seiner Verletzungen.

Sein Körper war seltsam verdreht und unter seinem Kopf befand sich eine riesige Blutlache.

Seine Augen waren weit aufgerissen und einer seiner Flügel war beinahe gänzlich abgetrennt.

Jarus Klinge steckte tief in seinem Brustkorb und bestätigte meine Befürchtung.

Der König war tot.

Nichts konnte ihn wieder lebendig machen. Meine Vision hatte sich erfüllt.

Ich fiel auf die Knie, schloss des Königs Augen und wartete darauf, dass Brian endlich von Jaru abließ.

19

Mit blutverklebtem Fell stand Socke neben mir und starrte ungläubig auf den leblosen Körper seines Großvaters.

Dann reckte er den Kopf in den Himmel und heulte um den einzigen übrigen Verwandten väterlicherseits, der ihm nun auch genommen wurde.

Die anderen Wölfe stimmten lautstark in sein Klagelied ein, bevor sie in verschiedene Richtungen davonliefen.

Ich konnte seinen Schmerz deutlich spüren und es tat mehr als weh, ihn so leiden zu sehen.

Im nächsten Moment durchfuhr ihn ein Beben und Brian lag halb auf seinem Großvater, schluchzte und zitterte.

Ich berührte ihn vorsichtig an der Schulter.

„Brian, Schatz, es tut mir unendlich leid."

Er antwortete nicht, doch im nächsten Augenblick hielten wir uns fest im Arm.

Nach einer gefühlten Ewigkeit, löste er sich aus der Umarmung und drückte mir seine vollen Lippen auf den Mund.

„Geht es dir denn gut?" fragte er mich.

Das passte zu ihm. Er dachte immer erst an alle anderen, bevor er sich um sich selbst kümmerte.

„Ja doch, du lebst und das ist die Hauptsache."

Freudentränen mischten sich mit den zuvor Vergossenen und liefen mir über die Wangen.

„Ja, wir leben noch und Jaru ist endlich da wo er hingehört" fügte er hinzu.

Ich blickte zu Jarus Überresten.

Körper konnte man dazu nicht mehr sagen. Es war ein grauenvoller Anblick.

„Nicht, mo Chroi. Er hat es so gewollt. Sein Schicksal hat er selbst gewählt."

„War er schon tot, als du …" meine Stimme versagte.

Brian nickte.

„Ja, leider. Aber er wird nicht bei Unseresgleichen beerdigt. Er wird unsere Gruften nicht mit seiner Anwesenheit besudeln."

„Oh Brian"

Ich nahm ihn wieder in die Arme. Ich war so froh, dass er noch lebte und mehr als erleichtert, dass es endlich vorüber war.

Niemand konnte uns jetzt noch trennen.

„Lass uns nach Hause gehen" sagte Brian und zog mich auf die Beine.

Wir hatten es glücklicherweise nicht sehr weit. Wir liefen langsam, händchenhaltend und geschafft.

Am Steinkreis fing es an und dort endete es auch. Seltsam, wie das Leben manchmal spielt.

Als Ethuriel mich vorhin absetzte sagte er zu mir, dass er stolz auf mich sei. Dann preschte er zum Himmel, um den Tod zu finden.

Ethuriel war gestorben um uns alle zu retten. Vor allem aber um mich zu retten; die Frau, die einmal mit seinem Sohn die Sidhe regieren sollte. Oh!

„Halt" protestierte ich und blieb stehen.

„Was ist los Schatz?" fragte Brian.

„Jetzt, da dein Großvater tot ist, bist du der König. Du wirst die Sidhe regieren müssen, aber ich muss zurück zu meiner Mutter. Sie wird sonst noch krank vor Sorge. Ehrlicherweise will ich auch gar nicht dort leben. Also in Ethuriels Schloss – aber mit dir schon."

Ich senkte den Blick.

„Mo Chroi, du bist manchmal wirklich doof, weißt du das?"

Er hob mein Kinn an, sodass ich ihn ansehen musste.

„Niemals würde ich von dir verlangen, dass du dein restliches Leben mit mir im Palast der Sidhe verbringen musst. Wir werden heiraten, uns irgendwo niederlassen, wo ich als Arzt praktizieren kann und du deinen Vorlieben nachgehen kannst. Es ist mir völlig egal, wo wir leben werden, Hauptsache ist, du bist bei mir."

Seine Worte berührten mich sehr, doch ich konnte nicht zulassen, dass er sein Volk und seine Mutter sich selbst überlässt. Wir mussten eine Lösung hierfür finden.

Wir erreichten den Palast, als die Dämmerung bereits einsetzte.

Brida und James, mussten auf uns gewartet haben, da sie uns sofort entgegenliefen.

Sie nahmen uns mit sich und wir ließen uns von James ärztlich versorgen, während Brida uns etwas Wasser brachte.

Brida war sichtlich bestürzt über Ethuriels Tod, hielt sich aber tapfer, um uns zu verpflegen.

Nein, ich konnte ihr nicht noch ihren Sohn nehmen. Sie war sonst ganz alleine.

James schien ihr ein guter Freund zu sein oder vielleicht auch mehr. Die beiden verband ein unsichtbares Geflecht, es war nicht zu übersehen. Aber das war nicht genug. Sie hatte keinerlei Verwandte mehr hier, wenn ich mit Brian fortging.

Baladur, einer von Ethuriels engsten Vertrauten und Befehlshaber der Wachen, kam herein, um sich nach dem König zu erkundigen.

Nachdem Brian ihm berichtete, was sich zugetragen hatte, ging er auf die Knie und hielt Brian sein Schwert entgegen.

Diese Geste verstand ich. Er erkannte Brian als seinen neuen Herrscher an.

Brian, der meinen Blick auffing, bedankte sich bei Baladur und hielt ihn dazu an, sich mit ein paar Männern auf den Weg zu machen, um Ethuriels Leichnam zu bergen.

Baladur verbeugte sich und ging sofort los, um dem Befehl des Königs Folge zu leisten.

So schnell war es passiert. Brian war König der Sidhe.

Ich fühlte mich fehl am Platz.

Ich war keine Prinzessin. Ich fühlte mich nicht wohl, in diesen schicken Kleidern. Ich wollte meine Freiheit auskosten, Abenteuer erleben und mich um meine eigene Familie kümmern. Meine kleine Familie, die ich mit Brian gründen wollte.

Brian riss mich aus meinen Gedanken.

„Was hast du?" fragte er.

„Nichts, alles ist gut. Ich bin nur geschafft, das ist alles. Wärst du mir böse, wenn ich mich schlafen lege?"

Er zog die Braue hoch, ließ mich aber gewähren.

„Ist gut. Geh ruhig schonmal vor. Ich komme gleich nach. Wir besprechen noch die Beisetzung von Großvater und danach bin ich bei dir."

Ich gab ihm einen Kuss auf die Wange und lief zu meinem Zimmer.

Brian

Stella war besorgt. Ich fühlte es deutlich, überlegte, wie ich ihr die Zukunftsängste nehmen konnte.

Ich konnte mein Volk jetzt nicht im Stich lassen, aber ich wollte auch ihr nichts aufzwingen, womit sie unglücklich war. Sie war zwar meine Königin im Herzen, aber sie gehörte nicht in einen Palast. Stella gehörte unter Menschen und musste ihre wilde Natur und Kreativität entfalten können.

Dafür war hier nicht der richtige Ort. Zu viele Mauern und zu wenig Privatsphäre.

Baladur und die Männer waren inzwischen mit Großvater eingetroffen und brachten ihn in die Kapelle. Dort richteten sie ihn für die Zeremonie her, die gleich morgen stattfinden sollte.

Nachdem ich mich vorzeigbar gemacht hatte, ging ich ebenfalls in die Kapelle und sah den Männern bei ihrer Arbeit zu.

Mit hingebungsvoller Sorgfalt säuberten sie den Körper und zogen ihm frische Gewänder an.

Zum Schluss legten sie ihm seinen Kopfschmuck an und gaben ihm sein Schwert auf die Brust, worauf sie seine Hände drapierten.

Als sie fertig waren und die Kapelle verließen, sprach ich ein paar Worte zu Großvater.

Ich bedankte mich für seine väterliche Fürsorge, für seinen Heldenmut und die vielen Lehrstunden bei ihm.

Ich erinnerte mich daran, wie er damals über Stella sprach.

Undómièl wird die Völker einen klang es in meinem Kopf.

Danke Großvater, dachte ich. Jetzt wusste ich, was ich zu tun hatte.

Es war so offensichtlich, dass ich daran nicht gedacht hatte.

Ich küsste ihn ein letztes Mal auf die Stirn und bedeckte sein Antlitz mit einem roten Samttuch, bevor ich mich auf zu meiner Verlobten machte.

20

Stella schlief, wie so oft sehr unruhig. Sie lag quer im Bett, das Laken halb auf dem Boden.

Vorsichtig schob ich sie zur Seite und deckte sie zu.

Ein paar zarte Sonnenstrahlen fielen durch das Fenster und erhellten ihr wunderschönes Gesicht.

Stundenlang hätte ich sie betrachten können.

Ich küsste ganz sanft ihre weichen Lippen und schmiegte mich an sie.

Stella

Nach ein paar wenigen Stunden Schlaf, wurde ich liebevoll mit Küssen geweckt.

Jeden Zentimeter meines Gesichtes und Halses berührte er nacheinander mit seinen Lippen.

„Guten Morgen" brachte ich nach einem herzhaften Gähnen hervor.

„Guten Morgen Traumfrau" begrüßte mich Brian.

Er schien gute Laune zu haben, was man von meinem Gemütszustand nicht gerade behaupten konnte.

Ich musste dringend mit ihm sprechen. Wir mussten klären, wie es weiter gehen sollte - mit uns und mit seinem Volk. Doch dieses Gespräch konnte ich ihm jetzt nicht aufzwingen. Erst mussten wir die Beerdigung Ethuriels hinter uns bringen.

„Die Zofe Leiliana hat uns bereits frische Kleidung gerichtet. Hier liegt sie." sagte Brian und zeigte auf einen Stuhl, der rechts vom Bett stand.

Schwarz. War ja klar. Also ging es bald los.

Brian schnappte sich den Stapel Kleidung und machte sich auf den Weg zum Badezimmer.

Ich ging erst, als er zurück war.

Er trug jetzt eine Art schwarzes Kleid. Ähnlich eines Talars.

Auf seinem Kopf thronte ein goldenes, filigranes Diadem.

Er wirkte in diesem Outfit so gar nicht wie mein Brian.

Ich ging schnell unter die Dusche und zog die Kleidung an, die für mich bestimmt war.

Ein schlichtes schwarzes Kleid, das fast bis zum Boden reichte.

Na wenigstens hatte ich mit dem Kleid Glück.

Ich dachte an Ethuriel. Er hatte mich mehr als einmal gerettet, mich immer unterstützt und war mir fast ein Vater geworden.

Es war seltsam hier ohne ihn. Irgendwie war er das Sinnbild für mich, wenn ich an die Sidhe dachte. Er verkörperte ein ganzes Volk.

Ich schlürfte gedankenverloren zurück ins Zimmer und wäre beinahe mit Brian zusammengestoßen, der gerade aus dem Raum treten wollte.

„Alles ok, mein Schatz?" fragte er.

„Ja, aber was ist mit dir? Dein Großvater ist es, von dem wir Abschied nehmen müssen."

„Ich habe gestern bereits Lebewohl gesagt. Er wird mir sehr fehlen. Aber wie er so schön sagen würde: *der Tod und das Leben gehen Hand in Hand. Ohne das Eine gäbe es das Andere nicht.*"

„Das hätte er wohl gesagt" stimmte ich zu.

Gemeinsam machten wir uns auf den Weg in die überfüllte Kapelle.

Unzählige Kerzen brannten und Unmengen an Blumen zierten Ethuriels Barre und die Sitzbänke.

Als wir eintraten, verstummten die Sidhe und warfen uns demütige und mitleidige Blicke zu.

Brian ging nach vorne, neben Ethuriels Leichnam, um ein paar Worte zu sprechen, während ich mich zu Brida und James in die erste Reihe setzte.

Seine Rede war sehr schön. Er sprach erst über Ethuriel als König und Herrscher, über seine Zielstrebigkeit und seinen Heldenmut. Danach erzählte er, wie es für ihn war, ihn als Großvater zu bekommen, in die Familientraditionen und Bräuche eingeweiht zu werden.

Zum Schluss sprach er noch ein Gebet und forderte die anwesenden Gäste auf, sich in zehn Minuten in der großen Halle zu versammeln und auch die anderen, nicht anwesenden Sidhe dorthin zu bestellen.

Irritiert über diese Versammlung, fragte ich nach dem Grund hierfür, wurde aber von ihm vertröstet, abzuwarten.

Ich war nicht gut im Abwarten. Ich war ein extrem ungeduldiger Mensch und doch schaffte ich es irgendwie, meine Anspannung zu verbergen und wartete gebannt darauf, was er seinem Volk mitzuteilen hatte. Sicherlich ging es darum, was er nun als König vorhatte oder um die Krönung oder dergleichen.

Ich stand neben Brida und griff vor lauter Aufregung dann doch nach ihrer Hand, als Brian vor die Menge trat und zu sprechen begann: „Ich freue mich, dass ihr alle hier seid, um mir zuzuhören. Der Verlust Ethuriels, eures Königs und meines Großvaters, traf uns alle völlig unerwartet und doch müssen wichtige Entscheidungen getroffen werden. Ich wurde zum Thronfolger ernannt, ich bin somit euer neuer König und ich erwarte von euch, dass ihr mich respektiert und dass ihr mir ebenso treu zur Seite steht, wie ihr meinem Großvater in all den Jahren zur Seite standet. Doch ich bin nicht wie mein Großvater und ich werde euch nur einen Befehl erteilen. Ich möchte, dass ihr in die Welt hinausgeht, sie bereist und neues lernt. Sucht euch einen Partner, mit dem ihr euer Leben verbringen wollt. Gründet eine Familie, erkundet andere Länder, ihre Sitten und Gebräuche und genießt das Leben. Respektiert die Natur mit all ihren Lebewesen und besinnt euch darauf, wer ihr seid. Ich werde niemanden zwingen, den Palast zu verlassen, doch müsst ihr mit meiner Mutter Rücksprache halten, wenn ihr hierbleiben wollt. Ab sofort gehört der Palast und alles was in ihm ist, ihr.

Ich werde mit Stella bei den Menschen leben, sie zur Frau nehmen und immer für euch da sein, wenn ihr mich braucht. Ich denke, ich kann das gleiche auch von Stella sagen. Auch sie wird weiterhin für die Völker der Sidhe da sein. Und jetzt geht! Ihr seid freie Sidhe, mit freiem Willen und dürft leben, wie und wo ihr wollt!"

Ich stürmte zu Brian nach vorne und beachtete die jubelnde Menge hinter uns nicht.

Ich fiel ihm um den Hals und der ganze Ballast der letzten Monate fiel unverzüglich von mir ab.

Ich war nun wirklich der glücklichste Mensch auf der ganzen Welt und nichts würde daran je etwas ändern können.

ᛋᛏᚨᛗᛗᛒᚨᚢᛗ

Jaru
Elveres

Meryem   --⚭--   Argus
Baal   Elveres

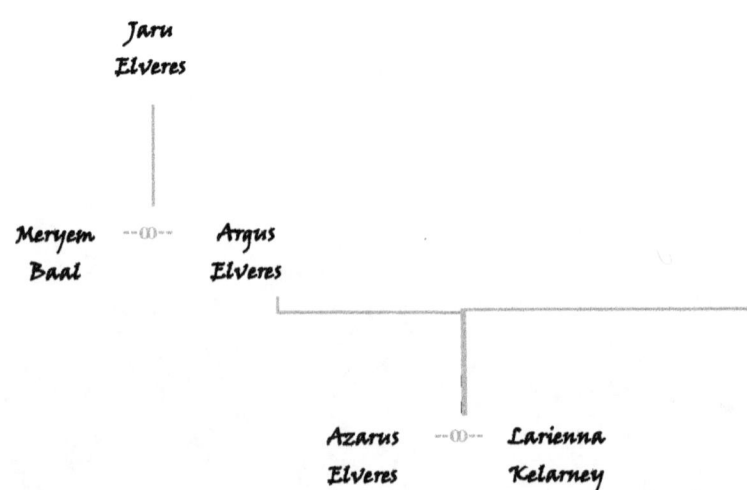

Azarus   --⚭--   Larienna
Elveres   Kelarney

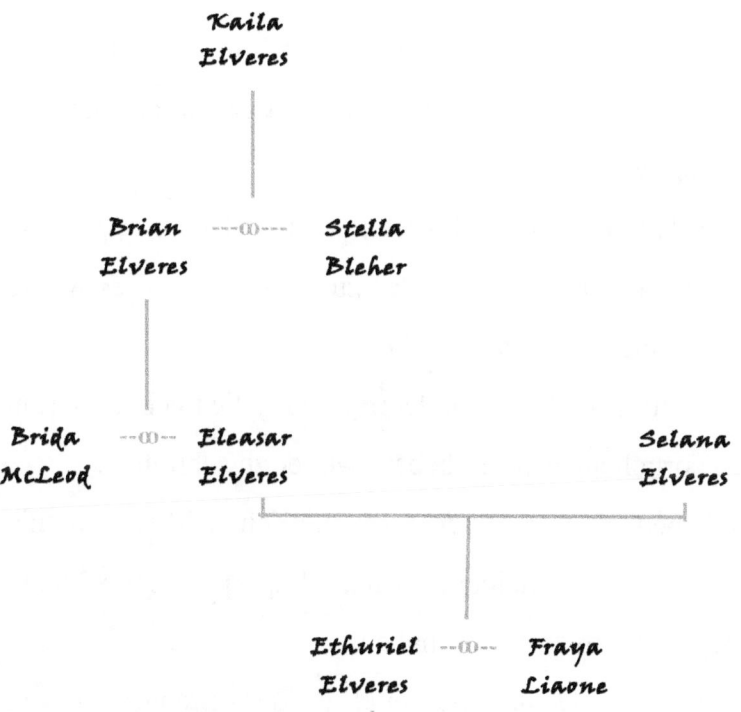

Kaila
Elveres

Brian   ---∞---   Stella
Elveres   Bleher

Brida   --∞--   Eleasar   Selana
McLeod   Elveres   Elveres

Ethuriel   --∞--   Fraya
Elveres   Liaone

Danksagung

Allen voran möchte ich mich bei meiner Familie und meinen Freunden bedanken, die während der ganzen Zeit immer an mich geglaubt haben und sich dauernd meine Fantasien und Gedankengänge anhören mussten.

Ich danke meinen Mädels und der alten urigen Diskothek auf der schwäbischen Alb für die Inspiration und den Spaß, den wir immer hatten, wenn wir dort unterwegs waren.

Ich danke meiner Schwester für ihre Kritik und hoffe, dass sie mit dem Ende zufrieden ist. Sie wollte unbedingt ein Happy End haben…

Ich danke den vielen anderen Lesern, die mich mit ihrem Zuspruch angespornt haben, weiter zu schreiben.

Ich bedanke mich bei den zahlreichen Musikern, die mich während meiner Arbeit am Laptop mit ihrer Musik begleitet uns inspiriert haben.

Ein großes Dankeschön auch an Sara Stephenson von Wildchild Designs, mit deren Scherenschnitten meine Cover einzigartig aussehen. Sie hat mit ihren Motiven den Nagel auf den Kopf getroffen.

Zuletzt möchte ich auch dir danke sagen, lieber Leser/liebe Leserin. Danke, dass du dich dazu entschieden hast, meine Bücher zu lesen. Ich danke dir, dass du Stellas und Brians Geschichte verfolgt hast, dass du auch bei ihnen warst, als es schwierig war.

Ich hoffe, weitere fantastische Bücher schreiben zu können und dich auch damit zu fesseln.

Mögen Licht und Liebe dich immer begleiten.

Quellen:

J.R. Tolkiens „Herr der Ringe"

Dort fand ich die wahnsinnig tollen elbischen Wörter

Wie auch den Titel Undómièl

Danke hierfür!